KB114427

야우스

마도 시대의 시작

FUSION FANTASTIC STORY

강준현 장편소설

아우스 : 마도 시대의 시작 1

강준현 장편소설

초판 1쇄 찍은 날 § 2017년 5월 15일
초판 1쇄 펴낸 날 § 2017년 5월 22일

지은이 § 강준현
펴낸이 § 서경석

편집책임 § 이지연

펴낸곳 § 도서출판 청어람
등록번호 § 제387-1999-000006호
등록일자 § 1999. 5. 31
어람번호 § 제1-2691호

주소 § 경기도 부천시 부일로 483번길 40 서경B/D 3F (우) 14640
전화 § 032-656-4452 팩스 § 032-656-4453
http://www.chungeoram.com
E-mail § chungeorambook@daum.net

아우스

마도 시대의 시작

FUSION FANTASTIC STORY

강준현 장편소설

1

아우스

Contents

프롤로그

발칸 제국 북쪽 끝에 위치한 악몽의 숲.

악몽의 숲은 웬만한 공작령만 한 크기였지만 각종 몬스터와 수를 헤아릴 수 없는 독충들로 인해 오래전부터 사람들에겐 버려진 땅이었다.

하지만 이 죽음의 땅에서 살았던 이가 있었던 것일까?

빼곡한 나무 사이로 꽤 큰 석조 건물이 보였다.

넝쿨과 나무의 뿌리들로 뒤덮여 아주 오랜 시간 방치되어 있었다는 걸 알 수 있었다. 그런데 오늘 꽤 많은 인기척이 느껴졌다.

"조심히 옮겨라!"

보는 사람이 더워 보일 정도로 온몸을 덮는 적갈색 로브를 입은 노인이 연신 일하는 이들을 다그치고 있다.

"이쪽에 놓아라."

"예, 스승님."

오래된 건물 안에서 책으로 보이는 물건을 가지고 나온 이는 그것을 노인이 가리키는 곳에 조심스레 놓았다.

"이제 얼마나 남았더냐?"

"책은 다 옮겼고 실험 도구와 여러 가지 물건이 담긴 유리병, 그리고 잡다한 물건들만 남았습니다."

"해가 지기 전에 끝나겠구나."

"예."

"조금만 더 힘내거라. 5년이 넘는 이 힘든 여정도 오늘로 끝이구나."

"…네."

두 사람의 얼굴에는 기쁨과 함께 슬픔이 묻어났다.

힘든 탐사가 무사히 끝났다는 것에 대한 기쁨이야 컸지만 탐사 과정 중 잃은 동료들이 생각난 모양이다.

그들이 말하는 사이에도 여러 명이 건물을 들락거리며 각종 물건들을 건물 밖으로 실어 나르고 있다.

멀리서 본다면 마치 개미들이 일하는 모습처럼 보일 것이다.

"그만 쌓거라."

노인이 말을 하자 개미들은 일제히 동작을 멈췄다.

품에서 자갈만 한 마나석을 꺼낸 노인은 바닥의 한부분에 그것을 놓았다.

그리고 자리를 옮긴 그는 시동어를 외쳤다.

"공간과 공간을 이어라! 텔레포트!"

마나석이 빛을 내자 바닥에 낙서처럼 그려져 있던 마법진이 활성화되었고 아름다운 문양과 수많은 마법어가 빙글빙글 돌며 가운데 있던 물건들을 감쌌다.

팟!

터지는 빛과 함께 방금 전까지 바닥에 쌓여 있던 물건은 지정된 마탑의 지하실로 텔레포트되었다.

노인이 말하지 않았는데도 빛이 사라지자 개미들은 들고 있던 물건을 마법진에 놓고는 건물 안으로 들어갔다.

"아, 이 지옥도 오늘로 끝이다!"

"그러게."

"론, 도착해서 한잔 어때?"

"싫어. 난 잠이나 실컷 잘 거야. 독충과 몬스터 때문에 제대로 쉬어본 게 언젠 줄 모르겠다. 지금도 쓰러지기 직전이다. 으~"

론은 상상만으로도 괴로운지 가볍게 몸서리를 쳤다.

"지금 잠이 중요하냐? 시원한 맥주에 양꼬치 구이를 먹으면… 캬아~! 상상만으로도 짜릿하다."

"지미, 너나 실컷 드셔. 난 누가 뭐래도 잠이니까."

둘은 선반에 놓인 유리병을 자루에 넣으며 연신 수다를 떨었다.

"지미! 론! 너희들 집중 안 할래?"

"사, 사형……."

"자, 자이런 사형, 그게 아니라……."

갑자기 나타난 자이런이 으르렁거리자 지미와 론은 화들짝 놀라며 말을 더듬었다.

"됐으니까 정신 차리고 똑바로 일해. 이 물건들이 어떤 물건들인 줄이나 알아?"

"네……."

"……."

자이런은 둘을 가만히 노려보다 론과 지미가 담아둔 자루 하나를 조심스럽게 들고 나갔다.

"휴~ 큰일 날 뻔했네. 자이런 사형은 너무 무섭다니까."

지미는 자이런이 나간 문 쪽을 보며 긴 한숨을 내쉬었다.

"쉿! 누가 온다."

또 다른 사형이 들어오자 둘은 말없이 다시 일에 열중했다.

그들이 자루에 유리병을 담으면 그 자루를 사형들이 밖으로 날랐다.

시간이 지나자 선반 가득 있던 약병들이 어느새 거의 다 밖으로 옮겨졌다.

"이익! 팔이 안 닿아."

선반 제일 위에 위치한 유리병은 론이 발꿈치를 힘껏 들었음에도 아슬아슬하게 닿지 않고 있었다.

"아~ 숏다리. 저리 비켜봐. 내가 해줄게."

"이……!"

숏다리라는 말과 함께 다가와서 손을 뻗는 지미를 보며 울컥하는 론이었다.

숏다리라는 말은 지미가 제일 싫어하는 단어였다. 그래서 도와준다는 지미를 무시하고 살짝 점프를 하며 유리병을 집으려고 했다.

"어어~"

"아, 안 돼!"

파삭~!

둘의 손을 벗어난 유리병은 바닥으로 떨어지며 산산조각이 나버렸고 안에 있던 검은색 액체 또한 바닥에 쏟아졌다.

"……."

"……."

지미와 론은 서로를 탓하는 눈빛으로 마주 봤다.

발작적으로 자신의 잘못이 아니라고 소리치려던 두 사람은 다가오는 인기척을 느끼곤 재빨리 발을 움직여 깨진 유리병을 마나등의 빛이 비치지 않는 구석으로 밀어버렸다.

"이 녀석들! 또 딴짓을……!"

"따, 딴짓이라뇨! 다 끝내고 남은 게 없나 확인하고 있었어요. 그렇지, 론?"

"그럼요! 화, 확인하고 있었어요."

지미의 말에 론은 자이론을 바라보며 고개가 떨어져라 세차게 끄덕였다.

그런 그들을 바라보던 자이론은 눈을 흘기긴 했지만 더 이상 다그치지 않았다.

"그럼 나머지 자루를 들고 밖으로 나가거라. 이제 이곳을 떠나야 하지 않겠느냐?"

"물론이죠!"

"마지막으로 한 번 더 확인하고 나가겠습니다."

삼면의 선반 위를 휘 둘러본 자이론은 밖으로 나갔다.

"휴! 큰일 날 뻔했다."

"그러게. 자이론 사형에게 걸렸으면 평생 갈굼을 당해야 했을 거야."

지미가 안도의 한숨을 쉬며 말하자 론이 고개를 끄덕이며 자이론이 사라진 방향을 바라봤다.

마탑에서 공부할 때만 하더라도 자이론은 다정다감한 성격이 아니었지만 다른 사람들에 비해 친절했었다. 그러나 지난해 후발대로 이곳 악몽의 숲에 온 이후부터 신경질적으로 변했다.

물론 이해 못 하는 바는 아니었다. 하루가 멀다 하고 수년간 같이 동문수학하던 사형과 사제가 죽어나가는 환경에서 어쩌면 당연한 일이었는지도 모른다.

"론! 이 일은 절대 비밀이다."

"당연하지. 너나 술 먹고 나불대지 않게 조심해."

지미와 론은 작은 목소리로 속닥거리면서도 발을 놀려 깨진 유리병을 가루로 만들어 한쪽 구석으로 치웠다.

"감쪽같지?"

"그래. 이제 나가자. 절대 비밀이다?"

"무덤까지!"

다시 다짐을 한 지미와 론은 몇 번 뒤돌아보며 자신들이 저지른 일이 잘 숨겨졌나를 확인하고는 자루를 들고 밖으로 나갔다.

시간이 지나 모두 떠났는지 인기척이 사라졌다. 그리고 천장에서 빛나던 마나등도 꺼졌다.

빛 한 점 없는 어두운 석실에는 지난 수백 년간 그랬던 것처럼 다시 적막감이 맴돌았다.

꿈틀!

특수한 마법 처리 때문에 흔한 날벌레조차 없는 석실에서 뭔가가 움직이고 있었다.

어둠보다 더 어두운 무엇.

흐물흐물한 젤리처럼 생긴 검은 물체는 빠르지 않지만 느리지도 않게 꿈틀거리며 석실을 빠져나갔다. 그리고 수많은 석실이 있는 공동을 지나 지상으로 가는 계단을 올라갔다.

석조 건물 밖으로 나온 검은 물체가 잠시 움직임을 멈췄다.

잠시 두리번거리는 듯한 모습을 보이던 '검은 그 무엇'인가는 곧 다시 꿈틀거리며 늪지대로 사라졌다.

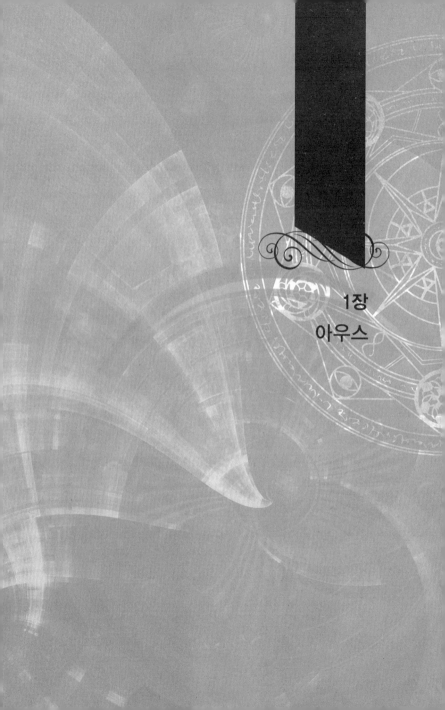

1장
아우스

두근두근! 두근두근!

심장이 미친 듯이 두근댔다.

10미터쯤 뒤에 혹시라도 노예들이 도망갈까 감시하는 병사의 눈초리가 무서워서, 혹은 어이없이 노예가 되어버린 내 자신의 미래가 걱정스러워서 이러는 것이 아니라는 것쯤은 알고 있다.

또한 심호흡을 한다고 해서 진정되지 않을 것이라는 것도 안다.

시간이 된 것이다.

죽음의 시간이…….

믿기 어렵겠지만 난 이미 여덟 번의 죽음을 겪었고, 아홉 번의 삶을 살았다.

마치 고양이처럼.

물론 고양이가 아홉 개의 목숨이 있다는 것은 고양이의 생존 능력이 뛰어나다는 걸 얘기하는 것이지 실제로 그런 게 아니라는 건 안다.

그럼에도 불구하고 난 전생에 고양이가 아니었을까 하는 생각을 자주 했다.

'이번엔 진짜 죽을지도 모르겠군.'

만일 진정 고양이의 삶이라면 이미 아홉 번의 삶을 살았기에 이번엔 진짜 죽을지도 모른다.

아니, 한 번쯤 더 남았나?

모르겠다. 지금이 몇 번째인지가 중요한 건 아니었다.

사실 죽든 살든 상관없다. 딱히 삶에 애착이 있는 건 아니니까.

서너 번 죽었을 때야 '과연 다시 살 수 있을까?' 하는 두려움이 들긴 했지만 반복되는 삶에 이제는 은근히 귀찮기까지 했다.

주위를 둘러봤다.

죽을 때 죽더라도 혹시나 또다시 살아날 때를 대비해야 했다.

하지만 노예들을 이끄는 병사들과 마법사들 중에 십 대는 보이지 않았다.

'오히려 지금 살아난다면 더 곤란한데… 휴우~'

한숨이 절로 나왔다.

물론 내가 한숨을 내쉬는 것에는 이유가 있다.

여덟 번의 죽음을 겪다 보니 나에게 일어나는 이 괴상한 환생—몸 갈아타기라는 말이 더 정확할 것이다—에 몇 가지 규칙이 있다는 걸 알게 되었다.

첫째, 20살을 전후로 죽는다.

둘째, 19살 이하의 남자애의 몸에 다시 깨어나게 된다.

셋째, 두 번째 조건을 만족하는 이들 중 죽는 위치에서 가장 가까이에 있는 이의 몸으로 깨어난다.

넷째, 가지고 있던 기억은 지워지지 않고 심지어 차지한 몸의 기억까지 알게 된다.

다섯째, 죽기 전에 심장이 비정상적으로 뛰다가 서서히 느려짐과 동시에 뭔가 빠져나가는 느낌과 함께 차츰 힘이 없어진다. 그리고 마침내 죽는다.

이 외에도 의심이 되는 부분이 있지만 지금 중요한 것은 아니니 넘어가기로 하자.

이제 내가 걱정하는 바를 알겠는가?

몸 갈아타기가 성공한다고 해도 노예가 될 가능성이 무지하게 높았다.

재수 없으면 수십 년, 수백 년을 노예로 살아야 할지도 몰랐다.

물론 감시병들 중엔 제 얼굴답지 않게 십 대가 있을 수도 있다.

하지만 지금 상황으로 봐서는 나보다 다섯 번째 앞에 있는 꼬맹이의 몸을 차지하게 될 가능성이 높았다.

무슨 방법이 없을까?

두근거리는 심장의 소리를 무시하고 다시 주변을 둘러보지만 이렇다 할 방법이 떠오르지 않는다.

"똑바로 걷지 못해!"

"큭!"

감시하는 병사가 들고 있던 창 뒤끝으로 두리번거리는 내 어깨를 쿡 찌른다.

'젠장!'

곧 죽을 운명이지만 맞아 죽기는 싫었기에 입을 다물고 묵묵히 걷기 시작했다.

아홉 번의 삶, 대략 90년의 시간을 돌이켜 보니 참으로 운이 없었다.

악몽의 숲 외곽에 위치한 조그만 마을에서 부모님의 얼굴도 모른 채 고아로 자랐다.

동네 주민들은 부모님이 몬스터에게 당했다고 말했지만 간혹 술 취한 촌장이 '빚도 갚지 않고 도망간 연놈들의 자식'이라는 말을 내뱉었기에 어느 것이 정확한지는 모른다.

그러다 10살 되는 해부터 마을의 약초꾼 아저씨를 따라다니며 지냈었다.

악몽의 숲이 위험한 곳이긴 했지만 굶주림 앞에서 '위험하다'는 말은 허튼소리에 불과했다.

그렇게 악몽의 숲에서 약초꾼으로 살다 스무 살이 되는 해 첫 번째 죽음을 맞이했다.

두 번째 삶은 같은 마을의 꼬맹이였던 푸줏간집 아들 젤린의 몸이었는데 몇 년간 현실에 적응하지 못해 '미치광이 젤린'으로 통했다.

세 번째 삶마저 같은 마을의 대장장이였던 조든 할아버지의 손자의 몸을 차지하게 되자 비로소 나에게 일어나는 불가사의한 일에 대해 의문을 품기 시작했다.

하지만 책이라고는 너덜너덜해져 내용조차 제대로 알아볼 수 없는 영웅 일대기뿐이었기에 의문은 그저 의문으로 남겨둘 수밖에 없었다.

"이놈들! 오늘도 길거리에서 밤을 샐 생각이냐? 좀 더 빨리 걸어!"

옆에 병사가 소리를 고래고래 지른다.

'죽일 놈! 네가 우리처럼 손 묶이고, 다리 묶이면 빨리 걸을 수 있을 것 같아?'

가볍게 째려봤지만 뒤돌아 있던 병사의 고개가 돌아오는 순간, 흐리멍덩한 표정을 지으며 '네네!'를 반복했다.

다시 한 번 말하지만 맞아 죽는 건 사양이다.

어쨌든 조든 할아버지의 손자가 되어 조용히 살던 난 할아버지가 죽자 대장간을 정리하고 마을을 떠나 도시로 향했다.

나에게 일어나는 일에 대해 알아보고자 하는 마음도 있었지만 근본적으로는 마을 사람들에 대한 죄책감이 더 크게 작용했었다.

친하게 지내던 사람의 아들이 되어 '아빠'라고 부르는 건 꽤나 고통스러운 일이었다.

도시의 삶이라고 딱히 고향 마을과 다를 바는 없었다.

뒷골목의 불량배도 되기도 하고, 작은 상가의 아들이 되어 장사를 배우기도 했고, 떠돌아다니는 서커스단의 단원이 된 적도 있었다.

짧게는 7년 길게는 15년의 이런저런 삶들을 살다 보니 욕심이 생겼다.

얼마를 살든지 간에 귀족이 되자!

길을 가다가도 귀족이 지나가면 고개를 숙여야 했고, 그들의 말 한마디에 목숨을 잃을 수도 있는 가난한 평민의 생활은 지긋지긋했다.

그래서 죽기 전 무작정 귀족의 집 앞에서 서성거렸다.

첫 번째는 실패였다.

하필이면 귀족가의 마법 공장에서 일하는 일꾼의 몸으로 들어가게 되어 죽는 날까지 마법진을 새겨야 했다.

빌어먹을! 그때를 생각하니 손목이 시큰거린다.

두 번째는 남작의 아들이 될 수 있었다.

한데 운명은 나의 편이 아니었다.

'가장 힘든 시기였지, 쩝!'

남작의 아들이 되는 건 좋았다.

좋은 음식, 좋은 잠자리에 시중을 드는 이들까지.

하지만 하필이면 남작의 아들은 모자란 놈이었다. 그리고 그의 몸을 차지한 순간 왜 그가 바보 같은 생활을 할 수밖에 없는지 알게 되었다.

인간이 가져서는 안 되는 감각의 세계를 지니고 있어 오감을 통해 전달되는 정보의 양이 일반인의 수십 배가 넘었다.

청각을 예로 들자면 밤에 성 주변에서 우는 벌레 소리가 천둥소리만큼 크게 들리니 잠을 잘 수가 없었다.

몸을 차지한 나 역시도 스스로 살기 위해 모든 감각과 생각을 죽여야 했다. 그리고 오로지 한 가지 일에만 매달려 십여 년을 살았다.

마침내 8번째, 남작의 아들로서 죽음을 맞이할 땐 기쁨의 눈물까지 흘렸었다.

남작의 아들 몸에서 벗어난 다음 삶은 남작의 아들을 돌보던 시동이었다.

젠장! 하필 그때 식사를 가지고 올 건 뭐람.

그러나 미친놈의 몸에서 벗어났다는 것만으로도 충분히 기뻤다.

또한 남작의 둘째 아들의 수발을 들어야 하는 것을 제외하곤 아홉 번의 삶 중 가장 편안하게 지냈다.

그러나 하늘은 내가 행복한 꼴을 보지 못했다.

남작가의 숨겨진 보물이 있다는 소문이 퍼지면서 결국 주변 영지의 공격을 받게 되었고 그 와중에 사로잡혀 이렇게 노예가 된 것이다.

수우우우욱~ 두근두근! 두근두근!

'아! 이제 시간이 다 된 건가?'

몸에서 일어나는 일을 보건데 아무래도 다시 몸을 옮길 모양이다.

급속도로 힘이 빠지고 정신이 몽롱해진다.

"이놈, 똑바로 걸어라!"

"컥!"

가볍게 미는 창의 힘에 의해 바닥에 쓰러졌다.

"어? 이, 이 새끼 뭐, 뭐야? 빨리 안 일어나?"

내가 쓰러지자 오히려 병사가 당황했다.

아무리 노예라고 해도 귀족의 재산이기 때문에 그 값이 상당했다.

앞서간 노예들이 일으킨 먼지가 코와 입으로 들어왔다. 그러나 손가락 하나 까딱할 힘이 없었다.

한계까지 빠르게 두근거리던 심장은 이제 한없이 느려진다.

'젠장······!'

텁텁하면서도 탁한 먼지 냄새를 맡으며 아홉 번째 삶을 마감했다.

*　　　　*　　　　*

깜깜한 어둠, 너무나도 작아 눈을 크게 뜨지 않으면 보이지 않는 빛 한 줄기가 꿈틀거렸다. 그리고 곧 찬란하게 폭발하며 어둠을 완전히 뒤덮었다.

"허억!"

열 번째 삶의 시작이다.

눈을 뜨자 방금 전과 다른 눈높이의 세상이 보였다.

하지만 눈높이만 다를 뿐 긴 노예의 줄이 보였고, 조막만 한 손과 다리에 묶인 끈은 다를 바 없었다.

"빌어먹을!"

거칠게 말을 뱉었지만 아직 변성기를 거치지 않는 앳된 목소리가 귀엽게 나온다.

나쁜 예감은 어찌 이리도 정확한지 결국 노예 꼬맹이 몸을 차지하게 되었다.

그리고 이어지는 꼬맹이의 과거 영상.

'윽! 이건 도무지 적응이 안 되는군.'

14년 치의 영상이 채 1분도 안 돼서 재생되었다.

한데 그 1분의 시간은 14년의 새로운 삶을 살게 만들었기에 상상할 수 없는 고통을 수반했다.

'휴~ 이제 난 14세 노예 소년 아우스인가?'

고통이 사라져 가자 한숨부터 나왔다.

아우스는 태어날 때부터 어느 백작가의 노예였다.

농노였던 부모 곁에 자라다 5년 전부터 획기적으로 발전한 농기구 때문에 노예가 된 아이였다.

문명의 발전으로 예전에 비해 사분의 일의 농노만으로도 농토 관리가 가능해지자 백작이 일정 수의 노예를 팔아버린 것이다.

그중 한 명이 아우스였다.

'설마……!'

기억을 읽고 나면 몸을 차지하는데 아우스의 몸으로 감각을 느끼기 시작한다.

묘한 감각이 신경을 건드리고, 주변의 공기의 흐름이 선명하게 느껴졌다.

'안 돼! 다시 미치긴 싫어!'

이 느낌은 약하긴 하지만 남작의 아들일 당시에 느끼던 감각과 비슷했다.

흥분해서 몸을 움직이다 보니 손목과 발목을 채우고 있는 밧줄의 거친 올들이 마치 바늘처럼 느껴졌다.

나의 바람이 이루어졌는지 몸을 모두 차지했지만 묘한 감각은 일정 수준 올라가다가 더 이상 날카로워지지 않았다.

그리고 시간이 조금 더 지나 몸까지 완전히 차지하고 나자 비로소 주변의 상황이 눈에 보였다.

노예들은 모두 제자리에 서 있었고, 내 뒤쪽에는 병사들과 노예 운반을 책임지던 노년의 마법사가 방금 전까지 내 몸이었던 제리오를 살펴보고 있었다.

"…마나가 완전히 고갈되었군. 자네의 잘못이라고 보기엔 힘들겠어."

"그, 그렇습니다. 전 그저 창으로 살짝 밀었을 뿐입니다."

"베르딘 남작에겐 내가 설명할 테니 걱정 말게."

"감사합니다, 마법사님."

"괜찮네. 어서 가서 쉬고 싶군. 정리하게."

"넵!"

안절부절못하던 병사는 마법사의 말에 죽다 살아난 표정으로 제리오의 손발에 묶인 끈을 풀었다.

그리고 시체를 끌어다 멀찍이 버렸다.

"파이어!"

그것을 보고 있던 노년의 마법사가 손을 들며 마법을 시행하자 제리오의 몸 위에 무언가가 가볍게 일렁거리며 불이 확붙는다.

방금 전까지 나였던 제리오가 불타는 모습은 가히 보기 좋은 광경이 아니었기에 재빨리 고개를 돌렸다.

'제리오, 아라의 품으로……'

그리고 나지막이 이제는 남이 되어버린 그의 죽음을 애도했다.

"시간이 지체되었다. 속도를 높여야 밤이 되기 전까지 목적지에 도착할 수 있을 것이다. 출발!"

노년 마법사의 목소리가 울려 퍼지자 노예들은 일제히 다시 움직이기 시작했다.

그리고 나도 아우스로서의 첫 발걸음을 옮겼다.

노예로 생활한 아우스는 먹은 것에 비해 체력이 제리오보다 훨씬 좋았다. 마치 악몽의 숲을 돌아다닐 때처럼 가볍기까지 했다.

단지 단점이라면 빌어먹을 감각 때문에 온 세상이 마치 물컹거리는 젤리처럼 느껴진다는 것이었다.

해가 산 너머로 넘어가기 전 목적지에 도착했다.

광산의 입구는 산과 산 사이의 널찍한 계곡 초입에 자리 잡고 있었다.

좌측 산에는 빈민가를 연상시키는 낡은 집들이 여기저기 있었고, 우측 산은 한쪽 면이 황폐한 돌산처럼 되어 있었다.

지금 그 돌산에서 돌가루를 뒤집어쓴 광산의 노예들이 일을 마쳤는지 터덜터덜 내려오고 있었다.

오늘 도착한 노예들은 힘없이 산을 내려오는 노예를 바라보며 그들에게서 자신의 미래를 본 것인지 표정들이 급격히 어두워졌다.

그래서 자연 걷는 속도가 늦춰졌고, 병사의 불호령이 떨어졌다.

"이놈들, 빨리빨리 움직여라! 늦으면 저녁은 못 먹을 줄 알아!"

먹을 것으로 협박하는 것만큼 치사한 건 없지만 노예에게 그만큼 효과적인 것이 없었다.

손발에 묶인 밧줄이 풀린 노예들은 병사가 가리키는 방향으로 빠르게 움직였다.

"똑바로 서라! 이곳의 책임자이신 베르딘 남작님의 훈시가 있을 것이다. 혹시라도 잘못하는 놈이 있으면 훈시가 끝난 후에 본때를 보여주겠다!"

30대 초반으로 보이는 날렵한 경갑 차림의 사내는 검을 뽑지 않았는데도 마치 날카로운 검처럼 느껴졌다.

꿀꺽! 꾸울꺽!

나만 느낀 것이 아닌지 줄을 맞춰 선 노예들의 침 삼키는 소리가 여기저기서 들린다.

"고개를 숙여라! 남작님께서 오신다."

넓은 공동은 일순 고요해졌고, 서걱거리며 옷 스치는 소리만 차츰 커진다.

키가 작다 보니 맨 앞줄에 서게 된 난 두 손을 앞으로 모은 상태에서 고개를 숙이고 있었기에 베르딘 남작이 들어오는 걸 전혀 볼 수가 없었다.

한데 고개를 숙이고 있는데도 머릿속에는 마치 보이는 것처럼 그의 행동이 그려졌다.

'젠장, 이건 또 무슨 현상이래?'

평민은 힐끔거리며 귀족의 행차를 볼 수 있었다. 하지만 노예는 절대 그래선 안 된다.

행여나 눈이 마주치기라도 한다면 귀족의 권위를 손상시켰다는 명목으로 엄청난 매질을 피할 수 없었다.

멀리까지 가지 않더라도 아우스의 기억에도 그런 장면이 몇 번 있었다.

아우스의 본능은 더욱 고개를 숙이라고 말했고, 귀족가의 시동 생활을 했던 난 현재 자세에서 극상의 예의를 표하는 자세로 웅크렸다.

"노예치곤 예의를 아는 놈이군."

분명 나에게 하는 말이었다.

하지만 살짝 더 숙였다 폈을 뿐 여전히 고개를 숙이고 있었다.

"고개를 들어라!"

베르딘 남작은 작게 말했지만 뒤에까지 들렸는지 노예들은 일제히 고개를 들었고 나 역시 조심스럽게 고개를 들었다.

금발에 서늘한 눈매를 가진 베르딘 남작은 20대 초반으로 보였다.

얄팍한 입술이 다소 신경질적으로 보인다는 걸 제외하곤 전형적인 귀족의 자제의 모습이다.

그는 가슴에 금속 보호대가 있는 경갑 차림을 하고 있는데 기사와는 달리 폭이 넓은 소매가 특징인 전형적인 전투 마법사 복장이었다.

50년 전, 사람들은 '마법의 과도기'라고 불렀다. 한데 요즘은 '마법의 전성기'라 부를 만큼 마법이 발전했다.

아우스가 농노에서 팔려온 이유도 마법 농기구가 개발되었기 때문이다.

물론 그만큼 마법사의 수는 늘었고, 분야는 세분화되었다.

그중 하나가 전투 마법사다.

전투 마법사는 연구실에서 마법을 연구하는 연구 마법사와 전혀 달랐다.

기사와 견줄 만큼 강한 체력과 힘을 가진 것은 물론 강력한 마법을 사용함으로써 기사의 시대를 종말로 이끈 이들이었다.

전투 마법사도 주로 사용하는 마법에 따라 화염, 수빙, 뇌전, 대지, 어둠 계열로 나뉘었는데 베르딘 남작은 손에서 푸르스름한 빛이 나오는 걸로 봤을 때 수빙 계열이 분명했다.

"난 피에르 폰 뮬터 공작님의 명을 받아 이곳을 책임지고 있는 베르딘 남작이다. 너희들은 지금 이 순간부터 이 광산의 노예로 나의 지배를 받게 될 것이다. 너희가 할 일은 간단하다. 내 말에 복종하라! 그러면 비록 험난한 이곳이지만 편하게 살 수 있을 것이다. 그렇지 않을 땐……."

단상에서 연설을 하는 베르딘 남작의 주변 공기가 차가워지며 서서히 얼어붙기 시작한다. 그리고 그의 주변에는 금세 10여 개의 얼음 창이 노예를 향해 이빨을 드러낸다.

쩌정!

그리고 얼음 창들이 깨지며 노예들의 앞에 작은 얼음들이 주루룩 박혔다.

'나쁜 새끼! 차가워 죽겠잖아!'

노예들에게 무력을 선보이는 의도는 알았지만 하필이면 엄지손가락만 한 얼음 조각이 낡을 대로 낡은 신발을 뚫고 발가락 사이에 박힌 것이다.

나의 투덜거림과 상관없이 그의 말은 계속됐다.

"죽음이다! 도망가려 한 자, 명령에 불응하는 자, 공작님의 귀중한 병사에게 손을 대는 자 역시 그 자리에서 즉결 처분이다. 순응하라! 그게 너희들이 살길이다."

짧지만 강력한 연설이었다.

"이제부턴 베어 경이 맡아주시오."

당장에라도 죽일 듯이 우리들을 바라보던 베르딘 남작은 처음 단상에 올랐을 때처럼 부드러운 표정을 지으며 베어 경이라는 사내에게 말하곤 단상을 내려갔다.

그리고 그가 사라지자 베어 경은 단상에 올라왔다.

"난 경비대장 베어다! 조금 전 분명 움직이지 말라고 했음에도 남작님이 훈시를 하는데 움직인 놈이 있었다. 너!"

그의 손짓에 병사들은 재빨리 베어가 지정한 남자를 끌어내려 했다.

"저, 전 아닙… 큭!"

"닥쳐! 명령에 불응하면 어찌 된다는 걸 듣지 못했나?"

아니라고 말하는 노예는 병사가 휘두르는 주먹에 말을 잇지 못했다. 그리고 힘이 실린 주먹을 맞고 축 처진 채 무리에서 질질 끌려 나갔다.

"너! 너! 너……."

베어의 손가락질은 계속되었고, 그때마다 병사들은 노예들을 끌고 나갔다.

분위기는 급속도로 냉각되었고, 노예들의 눈빛에는 체념이 깃들기 시작한다.

공포의 분위기는 계속되었다.

"두 번 말하지 않겠다. 잘 듣고 바로바로 행동하라. 15세 이하의 노예들은 이쪽 옆으로 모여라."

베어의 말이 끝나기 무섭게 그가 모이라는 곳에는 나를 포함해 4명의 소년이 모였다. 한데 그중 한 명은 웬만한 어른보다 더 컸다.

당연 베어의 눈은 길게 찢어졌다.

"넌 몇 살이냐?"

"저, 저는… 여, 열네 살입니다, 나리!"

큭! 하마터면 웃음이 터질 뻔했다.

덩치는 산만한 녀석이었는데 목소리가 어마어마한 미성이었다. 여자라고 해도 믿을 정도였다.

"크… 흠! 목소리는 분명 열네 살이군."

베어는 터져 나오는 웃음을 헛기침으로 무마했지만 다른 병사들은 참지 못하고 뒤로 돌아 큭큭거렸다.

베어 입장에선 기껏 잡아둔 분위기를 깨기 싫었기에 서둘러 명령을 내렸다.

"브라운! 이들을 청소 팀으로 데려가라."

"예! 대장!"

브라운은 얼굴이 수염으로 뒤덮다시피 한 사람으로 희끗희끗한 수염이 나이가 적지 않음을 말해주고 있었다.

"따라와라."

나를 포함해 네 명의 아이는 브라운을 따라가기 시작했다.

노예들이 모여 있는 공터를 벗어나 향한 곳은 들어오면서 본 빈민촌 같은, 판잣집이 모여 있는 좌측 산 쪽이었다.

그 빈민촌을 들어가기 위해선 목책을 지나야 했는데, 목책 앞에는 한참 음식을 나눠주고 있었다.

"여어~ 브라운, 신입들인가?"

"응. 한데 찰스, 청소 팀은 음식 가져갔나?"

"아직. 그 애들이야 원래 제일 늦지 않나, 마무리가 그 애들

몫이니까."

"그럼, 넷이 늘었으니 그에 맞춰줘. 이 애들이 가져가면 되니까 말이야."

"근데 그 뒤에 있는 거구가 청소 팀이라고?"

"열네 살밖에 안 되는 소년이라고. 허허허허!"

"열넷? 농담하지 말라고. 그 덩치가 어디 열넷이란 말인가? 나보다 더 크구만."

연신 빵의 개수를 세어 조잡한 나무 상자에 담으면서도 입을 놀리는 찰스라는 병사는 뚱뚱하다 못해 굴러갈 것 같은 몸매의 소유자였다.

열네 살이라고 믿기 힘들 정도로 큰 덩치를 가진 소년이라고 해도 찰스만큼은 아니었다.

"옛끼! 그런 소리 말게. 자네보다 큰 건 오우거뿐이야."

"이 망할 놈이 뚫린 입이라고 마구 지껄이다니. 나보다 더 큰 오크를 봤었다고 내가 말했지. 난 오크보다도 홀쭉한 사람이라고!"

"그때의 자네는 지금의 반밖에 되지 않았어."

"망할 놈! 네놈을 보면 나았던 심장이 욱신거려. 얼른 가지고 꺼져."

찰스는 스프를 담은 거무칙칙한 금속 통을 국자로 탕탕 치며 손을 휘젓는다.

"스프 남김없이 퍼주라고. 남겨서 다 먹으면 내년엔 오우거도 자네에게 형님, 형님 할 테니까 말이야."

"너희들 빨리 안 가져가면 내가 다 먹어버린다. 꼬맹이들 얼른 가져가!"

우리 넷은 찰스의 외침에 재빨리 빵 상자와 스프를 들기 위해 움직였다.

"스, 스프는 내, 내가 들게."

나와 다른 한 명이 낑낑거리며 들던 스프 통을 덩치는 혼자 가볍게 들어 올리더니 브라운을 따랐다.

"난 아우스야. 넌 이름이 뭐니?"

"모, 몰린."

"나도 열넷이야. 앞으로 잘 지내자."

"그, 그래."

몰린의 목소리에 다시 웃음이 나왔지만 꾹 참고 인사를 했다.

"난 지온이야. 나이는… 열넷이야."

나와 함께 스프 통을 들었던 아이도 인사를 한다. 작은 머리에 영악하게 움직이는 눈동자가 머리 회전이 빠른 애라고 말해준다.

나이를 속이는 듯한 인상을 받았지만 굳이 캐물을 이유는 없었다.

"지온, 잘 지내자."

"난 모리스… 열셋이에요."

모리스는 좀 어리바리한 구석이 있어 보였지만 덩치는 나보단 컸다.

앞으로 같이 살아갈 사이라는 걸 알았는지 목적지까지 가면서 우리는 빠르게 서로에 대해 연대감을 형성했다.

우리들이 숙덕거렸음에도 브라운은 개의치 않고 앞장서서 걸을 뿐이었다.

"여기가 너희들이 지낼 곳이다."

거의 산중턱에 위치한 낡은 집은 앞으로의 삶이 얼마나 험난할지 보여주기라도 하듯이 엉망진창이었다.

언제 무너져도 이상할 것 같지 않은 곳이 지낼 곳이라고 하자 현실을 깨달은 아이들의 얼굴은 금세 어두워졌다.

"행여 집 뒤의 언덕 너머로 가지 마라. 조금만 가면 낭떠러지니까."

"알겠습니다."

"들어가자."

브라운의 말에 쉽게 떨어지지 않는 발을 떼어 들어갔다. 컴컴한 거실을 천장에 그려진 희미한 마나등만이 비추고 있었고 그 밑에 꽤 많은 사람이 모여 있었다.

일부는 젖은 몸을 걸레처럼 생긴 천으로 닦고 있었고, 일부는 막 옷을 갈아입고 있었다.

"브라운 님, 오셨습니까?"

그중 한 명이 옷매무새를 만지며—걸레 같은 옷이라 만져봐야 소용없지만—앞으로 나와 인사를 했고 다른 소년들은 공경의 자세를 취했다.

"그래. 이번에 새로 들어온 아이들이다. 리브, 네가 적응 잘하게 도와줘라."

"예, 알겠습니다."

리브는 소년이라기보단 청년에 가까웠다.

큰 눈과 짙은 눈썹, 우뚝 솟은 코와 두툼한 입술이 강직해 보이면서도 정이 많아 보이는 인상이었다.

"살틴, 애들 괴롭히지 마라. 이번에도 문제를 일으키면 넌 성인 팀으로 가게 될 거야."

"헤헤, 제가 그럴 리가요. 예전의 살틴이 아닙니다."

어둠에도 진하게 보이는 주근깨가 인상적인 살틴은 헤헤거리면서도 우리를 보며 입꼬리를 올리는 것이 여간내기는 아닌 듯 보였다.

"모든 일은 리브에게 들으면 될 거다. 문제 일으키지 말고 잘 지내도록 해라."

브라운이 나가자 실내는 처한 현실 때문인지 왠지 싸늘하게 느껴졌다.

"난 청소 팀 팀장을 맡고 있는 리브야. 이곳 생활이야 해보면 알 테고… 이런! 저녁을 계속 들고 있었구나. 밥 먹으면서 하기로 하고 어서 식사부터 하자."

식사를 하자는 말에 모두들 부산히 움직이기 시작했다.

"스프 그릇은 저기 선반 위에 있는 걸로 아무거나 사용해.

그리고 여기도 사람 사는 곳이니 죽을 상 하지 말고. 그리고 대답 좀 해."

"네!"

"키키키키!"

우리는 일제히 큰소리로 대답했다. 그러자 그 모습에 방 안에 있던 아이들은 낮은 목소리로 키득거렸다.

"쉿! 작게 대답해도 돼. 밤에 너무 시끄럽게 굴면 몬스터들이 내려올 수도 있다고."

"네……."

나지막이 대답하고 나자 리브는 여전히 분위기를 살피는 우리 넷에게 나무 그릇을 나눠줬다.

'쯧! 이번 노예로서의 삶은 쉽지 않겠어.'

나무를 깎아 만든 스프 그릇을 보곤 소름이 돋을 지경이다. 손으로 그릇 안쪽을 긁자 두툼한 이물질이 묻어나올 정도로 지저분했다.

"다음."

내 차례.

그릇을 내밀자 이미 식어서 떡처럼 돼버린 스프 한 국자가 쏟아졌고, 딱딱한 빵 한 개가 주어졌다.

"안 넘어가도 먹어. 내일부터 힘들 거야."

"네… 고맙습니다."

스프와 빵을 받아 한쪽 구석에 앉았다.

으득!

"씨발! 빵이야, 돌이야."

남작가에 들어가면서 잊어버렸던 욕이 튀어나왔다.

빌어먹던 첫 번째 삶이었다면 감사하게 먹겠지만 25년을 넘게 남작가에서 살아서인지 차마 목구멍으로 넘어가지 않는다.

결국 빵만 반쯤 녹여먹다가 바닥에 놓았다.

"아, 아우스. 이, 이거 안 먹을 거야?"

"너 먹어."

"지, 진짜?"

"응, 다 먹어."

몰린은 내 말이 끝나기가 무섭게 빵과 스프를 허겁지겁 먹었다.

문득 있는 집 자식은 아닌 것 같은데 어떻게 저런 덩치를 유지할 수 있었는지 궁금해졌다.

그러나 궁금함은 뒤로 미뤄야 했다.

"다 먹었으면 간단히 자기소개를 해볼까?"

리브가 식사를 하면서 자연스럽게 소개를 할 분위기를 만들어줬다.

"네. 제가 먼저 할게요."

지온이 나섰다. 얼굴 표정을 보니 벌써 이곳에 적응한 듯 두려움은 전혀 없었다.

"이름은 지온이고, 나이는 열네 살이에요. 뭐든지 빠르게 배우고 동작이 날래니 앞으로 잘 부탁해요."

"뭐 하다가 왔냐?"

"헤헤헤, 공작령 외곽 빈민가에서 지냈는데 도시 정비 사업에 반대하는 무리에 얼떨결에 들어갔다가 잡혀서 이렇게 됐어요."

지온이 끝나자 모리스가 앞으로 나섰다.

"전 모리스라고 합니다……. 열셋이고 백작가의 농노로 있다가 이곳으로 팔려 왔습니다."

모리스는 아우스와 마찬가지로 마법 발전의 희생양이었다. 물론 농노나 이곳의 광부나 노예이긴 매한가지지만 말이다.

몰린이 나섰다.

그가 나서자 그의 덩치에 모두들 숨을 죽였다. 아마 성인인데 거짓으로 소년들이 모인 청소 팀에 왔다고 생각하는 눈빛들이었다.

"저, 전 모, 몰린입니다. 열넷이고……."

"말도 안 돼! 니가 열넷이면 난 애기다. 킥킥!"

"저 덩치에 목소리 봐, 계집애 같아. 크크크큭!"

그러나 입이 떨어지자마자 만만하게 보였는지 한마디씩 던졌다.

몰린은 제각기 떠드는 소리에 어쩔 줄 몰라 한다. 하지만 그럴수록 비웃는 소리는 더욱 커진다.

저 덩치라면 눈만 한번 부라리면 조용해질 일인데 애가 어쩜 저리 나약한지…….

"모두 조용! 몰린은 됐고. 다음."

"이름은 제… 아우스이고 열네 살입니다. 남작가의 시동으로 있다가 전쟁 중 잡혀 노예가 되었습니다."

"남작가 시동이었다고?"

"네. 드리니트 남작가에 있었습니다."

이곳에서 거짓말을 한다고 해도 문제될 것은 없어 보였다. 그리고 드리니트 남작가에서 일한 제리오가 나였기에 완전한 거짓은 아니었다.

"시동이 뭐야?"

"거 있잖아. 귀족들 밑에서 심부름하는 애들 말이야."

웅성거림은 있었지만 몰린 때와는 조금 달랐다. 약간의 부러움이 담겨 있었다.

"야, 이 새끼들아! 전에 시동이면 뭐하고, 귀족이면 뭐해. 어차피 이제 우리랑 같은 처진데."

살틴의 말에 잊고 싶었던 현실을 깨달은 것처럼 아이들은 조용해졌다.

나 역시 그의 말에 공감했다.

과거야 어떻게 되었던 이제부터는 어차피 다 같은 노예의 처지였다.

2장
노예로 살아가기

좁은 곳에서 다닥다닥 붙어 자는 건 참을 만했다. 하지만 온 집을 가득 채운 퀴퀴하다 못해 코가 썩을 것 같은 냄새와 코 고는 소리는 참을 수가 없었다.

결국 자리에서 일어나 밖으로 나왔다.

"휴우우~ 살 것 같다."

계속 깨어 있었다고 생각했는데 잠깐이나마 잠을 잤나 보다.

하늘에 수많은 별은 여전했지만 산 아래 하늘이 서서히 밝아지고 있었다.

"후~ 하, 후~ 하, 후~ 하."

이곳에 오기 위해 10여 일간 걸었고, 제대로 먹지도 자지도 못했음에도 별로 피곤하지 않았다.

그리고 약간 느껴지던 허기짐도 공기가 음식이라도 되는 양 몇 번의 심호흡을 하자 금세 사라졌다.

나도 모르게 한참을 심호흡을 하다 보니 별들은 서서히 사라져 갔다. 그러면서 어제는 낯선 곳에 도착한 두려움 때문에 눈에 잘 들어오지 않았던 주변 경관이 눈에 들어왔다.

맞은편 산은 마나 광산이 있는 곳이라더니 나무와 풀은 거의 없었다.

그리고 거주지인 이쪽 산은 아래로는 수많은 판잣집이 있었고, 내가 있는 집이 제일 위에 위치해 있었다.

위쪽으로 집은 없었지만 나무가 베여 있었기에 천천히 위를 향해 걸음을 옮겼다.

"먹을 만한 건 다 먹어버렸네."

속을 먹을 수 있는 나무의 잘려진 둥치는 껍질이 벗겨져 속살이 파헤쳐져 있었고, 먹을 수 있는 쑥이나 약초는 눈을 씻고 봐도 없었다.

하긴 어제 저녁을 보면 당연한 일이었다. 어디 나와 같은 생각을 하는 사람이 한두 명이겠는가.

"어? 이건……."

조금 더 올라가자 황폐한 이곳에 풀들이 자라고 있었다.

무릎 정도까지 오는 크기에 진한 푸른색의 작은 꽃을 피우는 풀은 악몽의 숲에서 보던 것이었다.

워낙 오래전에 봤던 거라 이름이 기억나지 않고 가물거렸다.

또한 그때 봤던 것과는 꽃의 색깔이 달라 퍼뜩 떠오르지 않는다.

풀의 이름을 기억하려 하자 기억의 퇴적층 제일 밑에 있던 하나의 단어가 떠올랐다.

"아, 맞다! 릴리즈, 릴리즈였어."

그리고 릴리즈에 관한 정보가 금세 머리를 채운다.

릴리즈는 강한 독성을 지닌 식물이었다.

멋모르고 잎을 조금이라도 먹으면 엄청난 배앓이를 하게 되는데, 복용량에 따라 죽음에 이를 수 있었다. 특히나 수많은 작은 꽃잎으로 이루어진 작은 꽃은 꽃잎 하나만 먹어도 죽을 정도로 강한 독성을 가지고 있었다.

하지만 이건 릴리즈의 진정한 효능을 모르는 사람들이 하는 얘기다.

악몽의 숲에서 나를 데리고 다녔던 윌리엄 아저씨는 릴리즈를 정제하고 사용할 줄 아는 사람이었다.

그의 말에 따르면 뿌리부터 줄기, 꽃잎까지 버릴 게 없는 식물이었다.

뿌리는 그늘에서 바싹 말려 가루를 만든 후 큰 대접에 극소량을 타서 마시면 처음 며칠간은 꽤 심한 복통과 몸이 아플 수 있지만 그 고비만 넘기고 장기간 복용하면 무병장수한다는 명약이 된다고 했다.

줄기와 꽃은 잘 빻아서 특수한 가루와 함께 특수한 용기에 넣고 며칠 놔두면 푸른색 물방울이 생기는데 그 액에 물을 타면 마법사들이 만드는 최상급 포션보다 성능이 훨씬 좋았다.

윌리엄 아저씨는 특수한 가루와 용기를 보물처럼 아꼈는데 그것이 무엇인지는 죽기 전까지 알지 못했다.

릴리즈는 악몽의 숲에서도 흔한 꽃이 아니었다.

1년을 돌아다녀도 한두 번 발견될까 말까 하던 릴리즈는 보물이었다.

하지만 이곳에는 보물이 지천에 피어 있었다.

"보물이 눈앞에 있으면 뭐해, 큭큭!"

윌리엄 아저씨의 특수한 가루와 용기를 알지 못하면 소용없는 것이었다.

그리고 설령 안다고 해도 노예 주제에 뭘 하겠는가.

어제 만난 베르딘 남작에게 알린다고 해도 평생 릴리즈만 만지며 노예처럼 살 것은 마찬가지일 텐데.

"뿌리나 먹어볼까?"

옛날에는 잔뿌리까지 아낌없이 캐기 위해 몇 시간에 걸쳐 캤지만 지금은 굳이 그럴 필요가 없었다.

힘을 줘 쑥쑥 뽑아 대충 뿌리 부분을 챙겼다.

"너 여기서 뭐 해?"

주머니에 대충 뿌리를 챙겼을 때 뒤에서 질책이 담긴 목소리가 들렸다.

리브였다.

그는 올해 열여섯으로 성인이었다. 본래라면 성인 노예들이 있는 곳으로 가야 했지만 팀장을 맡아서 청소 팀에 머물고 있다고 했다.

"리브… 형, 그냥 잠이 안 와서 주변을 살피고 있었어요. 형은 어디 다녀오세요?"

"어제 말한 저 위에 있는 초소에서 불침번 서고 왔어. 한데 혹시 배고프다고 그 풀을 먹은 건 아니겠지?"

청소 팀의 할 일 중 몬스터 침입을 알리기 위한 초소 근무가 있음을 어제 자기 전 리브에게 들었었다.

"수고하셨네요. 그리고 이거 독초라는 거 알아요."

"그래? 나도 이곳에 와서 듣고야 알았는데……."

"헤헤헤. 주변의 먹을 만한 것은 다 없는데 이 풀만 남아 있어서 그렇게 생각한 거예요."

"눈치가 꽤 빠르구나. 어쨌든 배고프다고 아무거나 먹으면 안 된다."

"네."

"그리고 혼자 함부로 돌아다녀선 안 돼. 이곳엔 몬스터가 간혹 내려오기도 하니까 말이야."

"알겠어요."

"가자, 이제 슬슬 기상 시간이야."

리브는 경고의 의미로 짐짓 무겁게 말을 했지만 그 속에 약간의 걱정하는 마음이 있다는 걸 느낄 수 있었다.

왜 그가 팀장이 되었는지 알 수 있는 순간이었다.

노예들은 하늘에 별이 거의 없어지는 시간쯤 종소리와 함께 기상을 한다. 그리고 네 사람은 재빨리 아침을 받으러 가야 했다.

"앞으로 너희 넷이 식사 당번이야."

"네."

"모든 아이들이 다 겪은 일이니까 불만 가지지 말고 해주길 바라. 그리고 최대한 서두르는 게 좋아. 그래야 조금 더 쉴 수 있거든."

나, 몰린, 지온, 모리스 이렇게 넷이 식사 당번이 되었고, 말이 끝남과 동시에 목책을 향해 빠르게 뛰기 시작했다.

"조심해, 이놈들아!"

내리막이다 보니 속도를 제때 못 줄여 성인 노예들과 부딪힐 뻔하기도 했지만 다행히 아무런 이상 없이 넷은 배식 줄에 줄을 설 수 있었다.

하지만 빨리 도착했다고 먼저 배급을 받는 건 아니었다.

"부지런한 꼬맹이들이네. 우리가 좀 급해서 그러는데, 양보 좀 하지?"

역한 냄새를 풍기며 말하는 놈의 얼굴을 쳐버리고 싶었다. 그러나 농노 출신의 열네 살짜리 꼬맹이가 할 수 있는 일은 그저 무시하고 아무 말 없이 않고 버티는 것밖에 없었다.

"껄껄껄! 꼬맹이들, 일하다가 뒤통수 조심해야 할 거야."

협박은 통했다. 나를 제외한 세 명은 놈에게 자리를 양보했다.

"아, 아우스… 얼른 비켜줘."

지온은 말더듬이 몰린처럼 말을 더듬었다. 그리고 다크서클이 볼까지 내려온 사내를 힐끗거리며 내 옷을 잡아당긴다.

"싫어. 차라리 죽겠어."

죽어도 상관없다는 생각을 단호하게 내뱉으며 지온의 손을 떨쳐냈다.

마법 공장에서 일할 때나 남작가에 있을 때는 필요 없던 불량배였을 당시 성격이 최악의 환경에 처하게 되자 나도 모르게 튀어나온 것이다.

"진정 죽고 싶은 게냐, 꼬맹이?"

"죽여봐! 안 그래도 이곳에서 수십 년 있을 생각에 짜증이 났는데 잘됐네."

"이 새끼가……!"

"죽여보라고!"

난 머리를 들이밀며 죽여보라고 외쳤다.

물론 이러한 내 행동은 믿는 구석이 있기에 한 것이다.

만일 밖에서 이런 일이 일어났다면 바로 자리를 양보했겠지만 이곳은 병사들이 바로 옆에 있었다.

"이놈들! 왜 이렇게 소란스러워? 아침을 모두 굶고 싶은 거냐! 거기 새치기하다 걸리면 팀 전체가 굶을 줄 알아. 알았어?"

"…네네!"

배식을 하던 찰스의 외침에 놈은 깨갱 하고 물러난다. 물론 나에게 눈을 부라리는 걸 잊지 않았지만 신경도 쓰지 않았다.

"다음."

"청소 팀 21명입니다, 찰스 님."

"오! 어제 온 꼬맹이들이군. 소란 피우면 어리다고 해서 봐주는 것 없이 처벌이 있을 것이다."

"죄송합니다."

"껄껄! 대찬 놈이 들어왔어."

찰스는 특이한 놈을 보듯이 날 보며 껄껄 웃었다. 그러곤 어제보다 스프 한 국자를 더 퍼준다.

고개를 숙여 감사를 표하고 스프는 몰린과 모리스가, 빵은 나와 지온이 들고 산으로 향한다. 그때 지온이 슬그머니 물었다.

"아우스, 넌 무섭지도 않았어?"

"뭐가 무서워?"

"놈은 아까 정말 죽일 생각이었다고."

"천만에, 놈은 눈만 부라렸을 뿐 날 죽일 용기 따윈 없었어."

"어떻게 그렇게 확신하지?"

"간단해. 놈이 우리처럼 아침을 타러 왔다는 건 분명 어제 들어온 노예이거나 팀에서 힘이 없는 놈이라는 말이거든."

"아!"

"그리고 노예는 재산이야. 윗사람들이 볼 땐 내가 죽으면 재산을 잃게 되는 거지. 그럼 놈도 무사하지 못해."

"거기까지 생각한 거야?"

"당연히."

"하, 하지만 나중에 노, 놈이 비겁하게 나오면 어, 어떻게 할 거야?"

뒤따라오던 몰린도 내 얘기를 들었는지 걱정스럽게 물어온다.

"그러지도 못할 놈이지만 만약 그렇게 나온다면 최선을 다해 놈을 죽여야지."

"……."

어제까지 죽어도 상관없다는 생각이 방금 전 그놈 때문에 죽을 때 죽더라고 일단은 살아보자는 오기로 바뀌었다.

그리고 즉시 산을 오르며 발뒤꿈치를 살짝 들었다.

무슨 일이 벌어질지 모르는 이곳에서 체력은 필수였다.

*   *   *

"어제 온 네 명은 오늘 나와 함께 움직일 거야. 오전은 벌목 현장으로, 오후는 광산으로 갈 생각이야. 조던, 그렇게 교체할 수 있도록 인원 빼놔."

조던은 열다섯으로 청소 팀의 부팀장을 맡고 있었다.

"알았어요. 그리고 오늘은 광산에 몇 명 더 있어야 할 거예요. 새로운 사람들이 왔으니 작업 속도가 더 빠를 테니까요."

"그럼 13명이 광산으로 가고, 8명은 벌목 현장으로 가는 걸로 하자."

"알았어요."

두 팀으로 나눠져 계곡의 냇가 쪽으로 가자 드문드문 서서 노예들을 감시하고 있는 병사들이 보였다.

냇가를 건넌 후 다시 마나 광산을 향해 오르기 시작했다.

발끝으로 걸어서 그런지 벌써부터 땀이 조금씩 났지만 묵묵히 리브의 뒤를 따랐다.

'도대체 이건 뭐야?'

걷고 있음에도 마치 물을 헤치고 나가는 듯한 느낌은 마나 광산으로 넘어오자 그 정도가 더 심해진다.

물론 걷는 것이 실제로 더 힘들거나 하진 않았지만 은근히 신경이 거슬렸다.

두근!

갑자기 심장이 두근거리며 기묘한 느낌이 온몸을 감싼다.

'죽음? 아냐! 느낌이 완전히 달라.'

심장의 두근거림은 비슷했지만 죽을 때와 달리 뻗치는 힘을 주체할 수 없었다.

리브의 등을 바라보고 있던 시선은 자연스럽게 소로의 옆에 있는 바위를 향했고 나도 모르게 발걸음이 그쪽으로 향했다.

두근! 두근!

바위가 있는 곳이 가까워질수록 심장은 더욱 거세게 뛰었다.

그리고 바위 옆에 돌무더기 사이에 파랗게 보이는 뭔가가 반짝이고 있었다.

손을 뻗어 꺼내 보니 엄지손가락 한 마디만 한 작은 돌이었다.

'먹을까?'

왜 갑자기 돌을 먹어야겠다는 생각을 했는지 모른다. 그저 입에 넣으면 사탕처럼 사르르 녹을 것 같았다.

"아우스!"

리브의 목소리에 제정신으로 돌아왔다. 일행은 벌써 꽤 높은 곳까지 이동해 있었다.

난 파란 돌을 손에 꼭 쥐고 재빨리 일행이 있는 곳으로 뛰었다.

"정신 차려. 이곳에서 혼자 함부로 돌아다녔다간 탈주한 걸로 생각하고 죽을 수도 있단 말이야!"

"…미안해요, 형."

걱정해서 하는 말임을 알기에 사과했다.

"너희들도 내 말 명심해. 가급적 단체로 움직이고, 배고프다고 아무 풀이나 먹으면 안 돼. 아무거나 함부로 만져서도 안 돼. 그리고……."

"네……."

이때다 싶었는지 하지 말아야 할 일에 대해 두서없이 쏟아내는 리브였다. 점점 주눅이 드는 아이들을 보니 약간 미안해졌다.

"그리고 이곳은 노천 광산이라 마나석이나 블루 마나석이 비온 뒤에 나타날 때가 있는데 그땐 바로 나에게 가져와야 해. 혹시라도 숨겼다가 들키면……."

리브는 긴장감을 주기 위함인지 말을 잠깐 끊고 우리를 돌아본 후 입을 열었다.

"바로 죽음이야!"

효과는 있었다.

모리스는 침을 꿀꺽 삼키며 잔뜩 긴장해 물었다.

"한데 마나석이 뭐예요?"

"투명하게 생긴 돌이라고 생각하면 돼. 나중에 광산에 가면 보여줄 거야. 그리고 블루 마나석은……."

"혹시 이건가요?"

난 자꾸 파란 돌을 먹으라는 생각을 억누르고 손에 꼭 쥐고 있던 돌을 리브에게 보여줬다.

"브, 블루 마나석!"

생각대로 내가 찾은 것은 블루 마나석이었다.

마나석은 본 적이 있었지만 블루 마나석은 처음이었다. 한데 얼마나 중요한 것이기에 저토록 놀란단 말인가.

그는 놀란 눈으로 내 손에 있던 블루 마나석을 바라보다

뻣듯이 낚아챘다.

그 순간 마치 중요한 무엇을 놓친 것 같은 아쉬움이 들었지만 무시했다.

아우스에게 돌을 먹는 기괴한 습관은 없었던 것 같은데 아무래도 기억을 천천히 훑어봐야겠다.

"어, 어디서 찾은 거야?"

몰린을 닮아가나 왜 말을 더듬는 거야.

"조금 전, 저쪽 바위 밑에서요. 뭔가 반짝이기에 궁금해서 가봤더니 있더라고요."

"잘했다!"

리브는 내 어깨까지 두들기며 칭찬을 아끼지 않았다.

"블루 마나석이 꽤 중요한 건가 봐요?"

내가 궁금한 점을 지온이 대신 물었다.

"응! 우리한테야 그저 예쁜 돌조각에 불과하지만 마법사들에겐 엄청 중요한 거야."

"어떻게요?"

"그건… 나도 몰라."

"에이~ 우리완 아무런 상관없다는 말이네요."

"왜 상관없어. 이걸 발견한 팀에겐 저녁에 고기가 나온단 말이야."

"고, 고기요? 어, 얼마나요?"

고기 얘기에 가장 먼저 반응한 것은 역시나 몰린이었다.

"배가 부를 정도는 아니라도 꽤 돼. 헉! 내 정신 좀 봐. 늦겠다, 빨리 가자."

시간이 지체되었는지 리브의 발걸음은 바빠졌다. 그리고 조금 더 가자 민둥산일 줄 알았던 산에 꽤 큰 숲이 나왔다.

"리브, 늦었구나. 곧 일꾼들 도착할 텐데 서둘러라!"

브라운과 약간 복장이 다른 병사가 늦게 도착했음을 탓하는지 살짝 인상을 쓰면서 말했다.

"너희 둘이 이들에게 할 일을 말해줘."

"알았어, 리브 형. 너희들 이리 와."

리브는 인상을 쓰던 병사에게 가서 블루 마나석을 건네며 발견 장소를 말했다.

우리는 선임이라 할 수 있는 두 사람에게 할 일에 대해 들었다.

"일단 주변에 있는 잔가지를 모아 한쪽으로 쌓아둬. 그리고 거치적거리는 것들을 저쪽에 던져 버려."

한 애가 가리키는 곳은 절벽까지는 아니라도 꽤나 급경사를 이룬 곳이었다.

"다른 건 좀 이따가 다시 말할 테니까 서둘러야 해! 아저씨들 오기 전까지 끝내지 않으면 자크란 님에게 혼난단 말이야."

두 사람의 나이도 열넷. 하지만 이곳에선 선배였기에 두말없이 따라야 했다.

"끄응! 누가 이거 좀 도와줘!"

그중 한 명이 뿌리째 뽑힌 나무둥치를 잡고 낑낑댔다.

"제, 제가 할게요."

"혼자 하긴 힘들……."

몰린은 덩치 값은 확실히 했다. 웬만한 성인도 들기 힘든 나무를 손쉽게 들어 올린 후 경사진 곳에 던져 버렸다.

난 그 모습을 보고 주변을 빠르게 살핀 후 몰린에게 다가가 옆구리를 찔렀다.

"아, 아우스… 왜에~?"

간지러운지 몸을 배배 꼬며 계집애처럼 말하는 그를 보니 구토가 치밀어 올랐다.

하지만 할 말은 해야 했기에 낮게 속삭였다.

"이 바보야! 너 성인 팀으로 가고 싶어? 적당히 힘쓰란 말이야."

"그, 그래야 하는 거야?"

"당연하지. 성인보다 힘 좋은 널 굳이 청소 팀에 둘 이유가 없잖아. 너처럼 어린 녀석이 성인 팀에 가면 무슨 일을 당할지 알아?"

"무, 무슨 짓?"

"여긴 여자가 없어. 이해가 돼?"

아주 바보는 아니었다. 내가 한 말을 이해했는지 얼굴이 새하얗게 바뀐다.

"그러니 적당히 힘써. 알았어?"

"아, 알았어."

몰린은 서커스단에 있을 때 같이 지내던 동생을 생각나게 만들었다.

한 마을에서 서커스 공연을 마치고 다음 마을로 가려는데 덩치는 산만 한 녀석이 서커스가 좋다고 무작정 집을 떠나 따라왔었다.

난 그의 순진함이 마음에 들었고 그 후 나이가 비슷해 친형제처럼 지냈었다.

"끄응~!"

…바보 같은 녀석.

나도 혼자서 들 수 있는 나뭇가지를 연기랍시고 끙끙대며 옮기는 꼴이란 정말이지 때려 버리고 싶었다.

하지만 꾹 참고 다시 옆구리를 찌르며 말했다.

"덩치 값 못한다고 팔려가고 싶냐?"

"아잉~ 또 왜? 도, 도대체 어, 어떻게 하라는 얘기야?"

"한 번만 나한테 애교 부리면… 남는 빵은 없을 줄 알아! 그리고 적당히 하라는 말을 못 알아듣는 거야? 네 덩치를 생각하고 적당히 하란 말이야."

'죽여 버릴 거야'라는 말이 나오려 했지만 여린 영혼이 상처 받을 것 같아 순화해서 말을 바꿨다.

"아, 아우스, 무, 무서워~ 잉."

파직!

머리에서 뭔가가 끊어졌고, 난 '죽어'라는 말과 함께 몰린을 때리기 시작했다.

벌목 현장에서 청소 팀이 주로 하는 일은 주변 정리였다.

나무를 자르기 전 주변의 풀이나 돌을 제거하고 나무를 자르고 나면 나무에 달라붙어 가지를 치고 그 가지들을 정리하는 일이었다.

그리고 주변을 정리하면서 한 가지 더 해야 할 일이 있었다.

바로 마나석과 블루 마나석을 찾는 것이다.

노천 광산이라고 해서 내가 블루 마나석을 발견한 것처럼 겉에 드러나 있는 경우는 극히 드물긴 했지만 다음 갱도를 파기 위한 중요한 지표가 되었기에 발견 지점은 반드시 병사들에게 보고해야 했다.

벌목 현장에 일하면서 난 한 가지를 깨달았다.

내가 마나석에 엄청나게 민감하다는 것이다.

마나석은 반투명한 돌로 순도에 따라 투명도의 차이가 있었다.

한데 블루 마나석을 발견할 때처럼 심장이 뛰거나 하진 않았지만 근처에 가면 기묘한 느낌이 들었다.

그래서 여러 개의 마나석을 찾을 수 있었는데, 하나를 제외하곤 모른 척했다.

나서서 좋을지 나쁠지 일단 지켜보기로 했다.

문제도 있었다.

시도 때도 없이 생기는 기묘한 느낌은 그렇다고 쳐도 심장의 두근거림도 간혹 생겼는데 아마 땅속에 있는 블루 마나석에 반응하는 것 같았다.

머리 한쪽에서 당장 땅을 파헤쳐 먹으라고 하니 그때마다 참는 건 미칠 지경이었다.

"배고프냐? 왜 침을 흘려?"

"쓰으으읍! 아뇨, 잠깐 딴생각 하느라……."

지금도 마찬가지다.

딱딱한 빵으로 점심을 때우고 광산으로 가는 길에 블루 마나석의 기운을 감지한 것이다.

"네 음식을 자꾸 몰린에게 주지 마. 그러다 영양 부족으로 죽을지도 몰라."

"알았어요, 형."

"근데 손에 들고 있는 건 뭐야?"

"먹을 수 있는 약초들이에요."

"약초에 대해서도 알아?"

"조금요."

벌목 현장을 정리하면서 먹을 수 있는 건 모조리 걷어서 넝쿨로 대충 묶어뒀다. 리브는 특이하다는 듯 날 물끄러미 바라본다.

"일단 나한테 맡겨. 광산에 가져가면 뺏길지도 몰라."

"정말요?"

"새벽에 봤잖아. 나무껍질도 벗겨 먹는다고."

하긴, 굶주림엔 장사 없다.

약초를 받아 든 리브는 광산에 대한 설명을 한다.

"광산에서 할 일도 벌목 현장과 비슷해. 채광을 하며 나오는 돌들을 갱도 밖으로 내보내는 거야. 물론 바로 버리면 안 돼. 망치로 주먹보다 작게 만든 후 버려야 해."

"광산에서 블루 마나석이 발견하면 어떻게 해요?"

우연히 길에서 발견되면 소유권은 주운 팀이 고기 전부를 가지지만 벌목 현장에서 발견되면 벌목에 투입된 팀 전체가 골고루 나눠먹는다.

그래서 실제로 먹을 수 있는 고기 양은 한두 점밖에 되지 않는다고 했다.

"일하는 갱도가 여러 군데야. 그리고 갱도에 채광장이 있지. 그래서 한 명이 보통 두세 군데 채광장을 청소해야 해."

"힘들겠네요?"

"벌목 현장에 비하면 힘든 곳이라 로테이션으로 돌아가면서 해. 참, 블루 마나석이 발견되면 그 갱도에서 일한 팀과 함께 고기를 가지게 돼. 겪어보면 알겠지만 아직 어린애인 우리에겐 많은 양을 주지 않아."

"그럼… 그건 혼자 먹나요?"

"아니. 받아 와서 나눠 먹어. 팀은 가족이야. 조금이라도

나눠 먹어야지. 혹시라도 혼자 먹을 생각은 하지 마. 그랬다
간… 아니다. 지내다 보면 알게 될 거야."

리브는 과거에 좋지 않은 기억이 생각났는지 표정이 좋지
않았다.

광산의 입구는 여러 곳이었다. 하지만 모든 입구는 꽤 큰
중앙 광장으로 통했다.

중앙 광장은 위에 달린 10개의 마나등 때문에 마치 밖처럼
밝았다.

광장에는 점심을 먹고 기다리던 청소 팀 5명이 힘없이 앉
아 있었다.

벌목 현장보다 이곳이 더 힘들다는 건 그들의 표정과 거멓
게 분칠한 것처럼 변한 모습에서 충분히 느낄 수 있었다.

"갱도에 들어가면 아저씨들은 너희들이 어제 도착했다는
걸 알 거야. 시키는 대로 하면 되고, 모르는 것 있으면 정확히
물어봐. 성격이 안 좋은 사람들도 있어서 몇 번 혼나기는 하
겠지만 신경 쓰지 말고 열심히 한다는 것만 보여주면 돼."

"네."

"그리고 벌목 현장에서처럼 사용한 공구는 꼭 반납해야 해.
혹시 망가지면 망가진 그대로를 반납해야 해. 병사들이 가장
민감하게 생각하는 부분이 공구니까, 그것만 조심하면 어렵
지 않을 거야. 그리고 절대 곡괭이질 하는 사람 뒤에 가면 안

돼. 또한……."

팀장이라서 그런 건지, 원래 성격이 그런 건지 몰라도 벌목 현장 때보다 주의 사항을 훨씬 세세하고 장황하게 설명했다.

"아우스는 여기서부터 세 군데 채광장을 맡아."

"알았어요."

"일 끝나는 종소리가 나더라도 우리의 일이 끝나는 것은 아냐. 그 다음 종소리가 날 때까지 최대한 주변을 정리해, 알겠지?"

리브는 내가 일할 곳을 지정해 주고 다른 아이들을 데리고 갱도를 따라 사라졌다.

난 한 손에 망치를, 다른 한 손에 돌을 나를 자루를 들고 첫 번째 채광하는 곳에 들어갔다.

"안녕하세요, 아우스예요."

"……."

인사를 했지만 힐끗 보더니 다시 기계적으로 곡괭이를 휘두르고 삽질을 할 뿐이었다. 하긴 이곳 노예에게 안녕할 일은 없었다.

별다른 말이 없었기에 할 일을 시작했다.

바닥에 뒹구는 큰 돌을 주워 망치로 잘게 부쉈다. 마나석이 없음을 알고 있었지만 평범하게 보이기 위한 행위였다.

다른 두 곳도 돌며 인사를 했지만 역시나 아무 말도 없었다.

채광하는 속도는 느렸다. 그래서 시간이 조금 지나자 한가

한 시간이 생겼다.

처음 시동 일을 할 땐 그저 시키는 일만 했었다. 하지만 시간이 지나면서 미리 일을 찾아서 하게 되면 인정받는다는 걸 알았다.

그때의 습관 때문인지 한가한 몸은 중앙 광장에서 봤던 물통을 향했다.

"물 좀 드시고 하세요."

세 개의 가죽 주머니에 물을 받아와 각 채광장에 하나씩 놔뒀다.

"…이름이 뭐라고 했지?"

"아우스요."

곡괭이질을 멈춘 성인 노예 중 한 명이 처음으로 입을 연다. 난 대답을 하면서도 일하는 곳 주변에 떨어진 돌들을 치웠다.

"못 보던 얼굴인데 어제 들어왔나?"

"네."

"이곳에 오기 전 뭘 했는지 물어봐도 될까?"

"남작가 자제의 시동으로 있었어요."

"그렇다면 이 생활을 적응하기 쉽지 않을 텐데, 의외로 잘 적응하는 것 같군."

"그럴 리가요. 현실을 잊기 위해 부지런히 움직이는 것뿐이에요."

"그래?"

"그럼요. 그리고 어차피 할 일, 후다닥해 버리는 게 좋잖아요."

"하하하! 긍정적인 녀석일세. 아무튼 물 잘 마셨어."

대화는 짧았다.

성인 노예들은 다시 열심히 굴을 팠다.

돌을 치우고, 깨고, 밖으로 나르고, 다시 치우고… 단순하고 지루한 반복의 연속이었다.

광산이라고 해서 우르르 쏟아지는 줄 알았지만 반나절을 캐도 내가 맡은 채광장 세 곳에서 나오는 양은 손가락만 한 것까지 포함해도 15개가 되지 않았다.

'여기 있는데, 쩝!'

마나석이라 생각되는 것들이 주변에서 많이 느껴졌지만 대부분 부목을 댄 곳이었다.

땡땡땡! 땡땡땡! 땡땡땡!

"고생했다."

일이 끝났음을 알리는 종소리가 들리자 일제히 공구를 들고 밖으로 향하는데 아까 말을 걸었던 사내가 어깨를 툭 치며 고생했다는 말을 하고 나간다.

"고생하셨어요."

뒤통수에 인사를 하고 홀로 남은 나는 재빨리 세 곳을 돌며 정리를 마쳤다.

그리고 잠시 후 다시 한 번 더 종이 울렸고, 망치와 자루를 들고 광장으로 나갔다.

"망치는 줘."

리브는 망치를 모아 병사에게 반납을 했다. 그리고 밖으로 나온 우리는 돌을 버리는 곳에 가서 자루에 있는 돌을 버린다.

"아우스, 그렇게까지 작게 만들 필요 없어."

내가 버리는 돌을 본 리브가 말한다. 그러고 보니 리브가 버리는 돌의 크기는 내 두 배만 하다. 한데 나는 약과였다.

"몰린!"

몰린의 자루에서 나온 작은 먼지 같은 돌조각들이 바람을 타고 팀원들을 뒤덮었다.

광산에서 내려온 난 냇가에서 깨끗이 씻고 저녁 식사를 받으러 갔다.

한데 준다는 고기는 없었다.

"그건 브라운 님이 가지고 올 거야."

웃기는 일이라 생각했지만 그러는 이유가 있을 거라 생각하곤 넘어갔다.

"아우스, 네가 블루 마나석 발견했다며? 종종 부탁한다. 우헤헤헤!"

"너 때문에 배에 기름칠하겠네. 고맙다."

청소 팀의 분위기는 어제와 비교도 안 되게 좋았다. 잡아먹을 듯이 바라보던 살틴도 '넌 봐주지'라는 눈빛으로 바라본다.

빵과 스프를 받았지만 빵에 손을 대는 사람은 어제 도착한 우리들뿐이었다.

물론 몰린은 이미 다 먹은 후였지만 말이다.

문이 열리고 브라운이 큰 상자를 가지고 들어왔다.

"청소 팀 축하한다. 베르딘 남작님의 선물이다."

"우와!"

푹 익힌 돼지고기가 바닥에 펼쳐지자 일제히 함성을 질렀다.

잘게 잘린 돼지고기에는 살코기가 별로 보이지 않았고 비계가 반 이상이었다. 그러나 고기를 보기 힘든 이곳에서는 비계가 오히려 좋았다.

"난 술 먹을 만큼만 있으면 된다."

싸구려 와인을 흔들며 브라운이 자리에 앉자 리브는 고기 중 그나마 살코기가 가장 많은 부분을 듬뿍 떠서 그의 앞에 놓는다.

"반만 있으면 된다."

브라운은 다시 자신의 앞에 놓인 고기를 반쯤 원래 자리에 놓았고, 리브는 빠르게 고기를 아이들에게 나눠줬다.

"많이 먹어라, 아우스."

발견을 했다는 이유 때문인지 다른 아이들보다 몇 점 더 많은 고기가 주어졌다.

하지만 그리 기쁘지만은 않다.

광산에서 일하기 위해선 살코기보단 비계를 많이 먹어야 하지만 도통 먹고 싶다는 생각이 들지 않는다.

'젠장! 분명 아우스 이놈의 몸은 이상이 있다. 돌에는 식욕을 느끼면서 고기에는 못 느끼다니……'

억지로 몇 점 먹었지만 빵보다 더 힘겹게 목을 넘어갔다. 몸이 거부하고 있었다.

꿀꺽!

내가 고기를 먹지 못하자 옆에 있던 몰린은 이미 자기 몫을 다 먹고 침을 삼켰다. 아니, 몰린뿐만 아니라 모리스, 지온까지 함께였다.

"먹어. 난 풀이나 먹어야겠다."

난 덩치에 맞게 몇 점씩 나눠주고 나머지는 몰린에게 줬다.

"머, 먹어도 돼?"

미안했는지 쉽사리 먹지 못하는 몰린.

"난 고기가 체질에 맞지 않아. 먹으면 설사하거든."

안심을 시켜주자 비로소 기쁜 마음으로 먹었다.

"풀 먹을 사람 있어요?"

"……."

어제라면 모를까, 오늘은 고기 맛을 음미하느라 아무도 나서지 않았다.

난 배라도 채울 심정으로 풀을 입에 넣었다.

'어라, 맛있다?!'

내가 처음으로 집은 약초는 굉장히 쓰기로 유명했다.

배앓이는 물론 가벼운 통증에도 꽤나 효과가 있어 여러 번 먹어본 경험이 있었는데 이렇게 맛있게 느껴지긴 처음이었다.

"마, 맛있어?"

몰린 이 자식은 걸신이 들린 게 분명했다. 다른 아이들은 스프와 빵, 고기를 먹고 배부른 표정을 짓고 있는데 이놈은 입맛을 다시고 있다.

"먹어봐."

쓴 약초를 내밀자 날름 낚아채더니 입에 넣었다. 그러나 곧 인상을 잔뜩 구기며 말했다.

"크에엑! 쓰, 쓰다."

"뱉기만 해봐. 앞으로 음식이 남아도 널 주진 않을 거야."

"아, 아우스. 너, 너무해."

"이게 정말! 애교 부리지 말라고 했지!"

"껄껄껄! 재밌는 아이구나."

몰린과 나의 행동을 지켜보던 브라운은 뭐가 좋은지 껄껄거리며 웃는다.

"하는 양이 노예 출신은 아닌 것 같은데 뭘 하다가 이곳으로 온 거냐?"

"남작가에서 시동을 했습니다."

브라운은 일개 병사에 불과했다. 하지만 리브나 아이들이 그를 대하는 태도를 볼 때 청소 팀에 있어서만큼은 실세였다.

그래서 자세를 바로하고 대답했다.

"오! 그럼 제국 공용어를 읽고 쓸 수 있겠구나. 혹시 다른 언어도 아는 게 있느냐?"

장사를 하기 위해 제국 공용어는 물론 꽤 많은 언어를 공부했었다.

그리고 서커스단에 있으면서 여러 나라를 돌아다니며 그 나라 언어로 서커스를 진행해야 했기에 사용도 많이 했었다.

"네. 주변에 있는 플린 왕국, 도란스 삼국, 뮤트 제국의 언어는 대충 알고 있습니다."

"허~ 대단하군. 좋은 곳으로 갈 수 있었을 텐데, 이곳까지 오다니 운이 없구나."

진정 아쉬운 듯 말했지만 나에겐 어디에 있든 노예로 살아가는 건 마찬가지였다.

"이만 자거라. 잘 먹었으니 스프 통과 빵 상자는 내가 가지고 내려가마."

"아닙니다. 그건 저희가……."

"어차피 내려가는 길인데 괜찮다. 쉬어라."

브라운이 떠나자 집 안은 잘 준비로 분주해졌다.

물론 준비할 것이라곤 간단히 바닥을 청소하고 한 장의 더러운 천을 까는 것에 불과했지만 말이다.

"새끼, 잘난 척은 적당히 해라."

살틴이 다가와 나지막이 말했다.

고기를 먹어 번들거리는 얇은 입술과 입꼬리를 올리고 웃는 모습이 마음에 들지 않았다.

그러나 무시했다. 고작 꼬맹이에게 발끈하는 게 우습다는 생각에서였다. 게다가 풀이 맛있게 느껴지는 기괴한 체험을 한 난 생각할 것이 많았다.

무식한 놈과 말을 섞으면 무식이 전염된다는 속담을 굳게 믿는 나였다.

"하~ 말을 씹어? 리브가 있다고 까부는 거냐?"

내 모습에 화가 났는지 으르렁거리는 살틴. 역시 무시하자 주먹을 불끈 쥔다.

하지만 리브가 먼저였다.

"살틴! 빨리 잘 준비해."

"쳇! 다음에 두고 보자."

살틴이 귓속말로 말했지만 지금은 그게 중요한 게 아니었다.

자리에 누워 오늘은 제발 빨리 잠들기를 바라보지만 아무래도 힘들 것 같았다.

힘이 계속 뻗친다.

3장
인간은 환경 적응의 동물이다

"후하! 후하! 후하!"

아직 별이 떠 있는 새벽이라 꽤 싸늘했다. 그럼에도 불구하고 내 이마엔 땀이 뚝뚝 흘렀다.

뻗치는 힘을 없애기 위해 시작한 운동은 이제 하루 일과를 시작하기 전에 반드시 해야 몸이 개운할 정도로 습관화되었다.

광산에서의 한 달이라는 기간은 나를 바꿔놓기에 충분했다.

갈수록 비쩍 말라가는 모리스와는 달리 난 살도 적당히 오르고 키도 제법 커졌다. 그리고 체력은 내가 생각해도 말이 안 될 정도로 늘었다.

지온은 이런 내게 '광산 체질'이라고 놀렸다.

들을 땐 기분 나쁜 얘기였지만 요즘은 스스로도 정말 내가 이곳에 딱 맞는 체질이 아닌가라는 생각이 들 정도였다.

"으으으~"

팔에 힘이 거의 떨어져 더 이상 팔굽혀펴기를 할 수 없게 되어서야 일어났다. 그리고 이번엔 앉았다 일어나기를 반복했다.

아우스의 몸은 내가 지금까지 가졌던 몸들 중 남작 아들을 제외하곤 가장 특이한 몸이었다.

아무리 힘을 빼도 10분간 숨만 쉬면 원래대로 돌아왔고, 웬만한 상처는 금세 아물었다.

게다가 시간이 지날수록 마나석과 블루 마나석에 대한 감각이 강해졌다.

이제 심장이 심하게 뛰든 말든 상관 안 하는 경지에 올랐지만 블루 마나석에 대한 식욕은 더욱 커져 근처만 가면 흐르는 침을 닦기 바빴다.

"새끼, 운동하고 싸움하고 같은 줄 알아?"

야간 근무를 서고 온 살틴이 시비다.

놈은 열두 살 때 시비를 거는 성인 노예를 반쯤 죽여 놓았다는 사실에 기고만장해서 까부는 놈이었다.

말로만 지랄거릴 뿐 아직까지 나와 시비가 붙은 적이 없어 무시하고 있지만 언제고 날을 잡아 처리할 생각을 하고 있었다.

"개 같은 놈, 나랑 근무만 서봐. 그땐 그 눈깔을 뽑아버릴 테니까."

멍멍거리는 소리를 무시하고 운동을 계속했다.

결국 지쳤는지 욕을 하고 안으로 들어간다.

그리고 잠시 후, 살틴과 근무를 서고 돌아오는 몰린이 보였다.

얼굴에 얼룩덜룩 멍이 든 걸 보니 근무 중 살틴에게 맞았나
보다.

"쯧쯧쯧! 덩치가 아깝다."

"헤헤!"

"웃음이 나오냐?"

"꽤, 괜찮아. 벼, 별로 아프지도 않아."

사람 좋게 웃는 몰린을 보니 속이 뒤집어졌다. 그리고 오늘
살틴과 결판을 내야겠다는 생각으로 집에 들어가려는 순간,
몰린이 날 잡고 고개를 흔들었다.

"…으이구! 속 터져."

"헤헤헤."

다시 환하게 웃는 몰린을 보니 화를 냈던 내 자신이 우스워
졌다.

"잠은 잤냐?"

"그, 그냥……."

두 명이 한 조가 되어 감시 초소에 가는데 보통 번갈아가면
서 잠을 잤다. 한데 살틴 그놈이 그렇게 했을 리가 없다.

난 집 옆에 있는 물통에서 한 바가지의 물을 뜬 후 호주머
니에 있던 릴리즈 가루를 내가 복용하는 양의 두 배를 넣고

는 몰린에게 건넸다.

그늘에서 바싹 마른 릴리즈 뿌리를 갈아 며칠 전부터 복용을 하고 있었다.

몸에 좋은 것이었기에 몰린에게도 같이 복용시켰는데 덩치 때문인지 내가 먹는 양의 두 배는 먹여야 나와 비슷한 효과가 났다.

"이, 이걸 또 머, 먹으라고?"

몰린은 질색인 표정으로 슬금슬금 뒷걸음친다.

"마셔! 내가 주는 빵보다 백배는 좋은 거야."

"거, 거짓말. 이, 이걸 먹고 요즘 계, 계속 속이 안 좋아."

"네 몸에 있는 나쁜 것이 그만큼 많다는 뜻이야."

"시, 싫어. 내, 내가 살 빠진 거 안 보여?"

…도대체 어디가 빠졌단 말인가?

아무리 눈을 비비고 봐도 예전 그대로다. 아니, 한 달 전보다 약간 더 커졌다.

"싫으면 관둬. 대신 먹는 것은 앞으로 모리스 몫이다."

"…아, 아우스 미워!"

몰린은 울 것 같은 표정으로 말하더니 바가지를 낚아채 벌컥벌컥 마셨다.

"한 번에 말을 들으면 얼마나 좋아. 넌 어떻게 된 게 꼭 협박을 해야 말을 듣냐?"

난 몰린이 다 먹는 것을 확인하고 나도 릴리즈 뿌리 가루를 타서 한 잔 마셨다.

과거 약초꾼 윌리엄이 릴리즈 가루를 처음 마셨을 때 엉덩이에 불이 난다는 말을 이해할 수 있었다.

물론 이번에도 엉덩이에는 불이 났다. 그리고 그 무시무시한 변 냄새는 냇가에서 목욕을 해도 쉽사리 없어지지 않았다.

하지만 며칠이 지나자 변의 냄새도 옅어지고 배앓이도 사라졌다.

"오늘은 운동하지 말고 가서 조금이라도 눈 붙여."

"돼, 됐어. 윽! 화, 화장실!"

"멀리 가서 눠. 냄새나."

"나, 나쁜 놈~!"

날 원망하며 뛰어가는 몰린의 목소리가 페이드아웃이 된다.

그 모습에 피식 웃곤 다시 운동을 시작했다.

얼마 전, 살틴에게 맞으면서도 가만히 있는 몰린에게 화를 냈었다. 그때 그가 노예가 되어 이곳에 온 이유를 들을 수 있었다.

그는 그저 평범한 평민의 자식이었다.

한데 동네에서 소문난 미녀—몰린의 말이었으니 믿을 수는 없지만—였던 누나가 마을 불량배들에게 험한 꼴을 당할 위기에 처하자 눈이 돌아버려 불량배들의 목을 꺾어버린 것이다.

정상참작이 될 일이었지만 죽인 숫자와 잔혹성이 문제였다.

불량배의 수는 모두 여섯, 그중에 한 놈의 온몸이 어스러져

문어처럼 되어버린 것이다.

다행히도 어리다는 이유로 사형은 면했지만 노예가 되어야 했다.

기상 종이 온 산을 울리면 몰린과 둘이서 바로 산을 내려가 아침을 받으러 갔다.

굳이 둘이 할 수 있는데 노동에 힘들어하는 지온과 모리스까지 데리고 갈 이유가 없었다.

"찰스 님, 편히 쉬셨어요?"

"네놈이 보기엔 편히 쉰 것 같으냐?"

"네. 얼굴이 좋아 보이세요."

"네놈이 준 약을 먹고 죽는 줄 알았다. 험! 그래도 효과는 좋더구나."

"또 필요하면 말씀하세요."

"됐다. 차라리 변비인 채로 살겠다."

요리사 찰스는 변비로 고생했는데 내가 준 릴리즈 가루를 먹고 깨끗이(?) 해결했다.

"한 번만 더 드시면 심장에도 좋을 텐데…… 싫으시다니 어쩔 수 없네요."

"…그게 심장에도 좋으냐?"

"요즘도 심장이 아프세요?"

"험! 그야 엉덩이에 신경이 다 쏠리니 거기까지 신경 쓸 겨를이 있나."

"드리고 갈 테니 알아서 결정하세요."

떨떠름한 표정으로 나뭇잎에 싼 릴리즈 가루를 받으면서도 국자를 두 번 더 놀려 스프 통을 채우는 걸 잊지 않는다.

"이건 몰린, 너에게 주는 선물이다."

"가, 감사합니다."

찰스가 웬일로 오늘은 빵도 하나 더 얹어 준다.

"가자!"

스프 통은 내 몫이었다. 이것도 하나의 운동이었다.

"우, 우우우웅!"

빵 하나를 입에 넣고 우물거리는 몰린을 두고 빠르게 산을 오른다.

"가, 같이 가!"

몰린은 힘만 좋은 게 아니었다. 날렵하기는 나와 비슷했다.

빵을 먹느라 늦게 출발했음에도 내 뒤를 바짝 쫓는다.

'속도를 더 높여볼까.'

속도를 높였다. 한데 밉다고 말하면서도 용케 잘 쫓아오고 있었다.

아침을 먹은 후 스프 통과 빵 상자를 깨끗이 씻어 다시 산 밑에 내려주고 왔다.

예전이었으면 바로 일하러 가야 했지만 나와 몰린이 서두른 덕분에 약간의 여유가 생겼다.

그렇게 잠깐 쉬다가 가야 할 곳을 리브가 지정해 주면 일하러 간다.

"좀 얌전히 있어라!"

예전이었으면 한마디 했을 리브도 다시 한 번 블루 마나석을 발견하고 나자 내가 눈 밖에만 벗어나지 않으면 크게 신경 쓰지 않았다.

물론 발견한 블루 마나석은 두 개였지만 하나는 내가 먹었다. 내가 미친 게 아닐까 생각하면서도 먹고자 하는 욕구가 워낙 강해 어쩔 수 없었다.

사탕이라고 생각했는데 개뿔 그냥 돌이었다. 또한 별다른 변화도 없었다.

오히려 위에 돌이 있다는 생각에 괜스레 배만 아플 뿐이었다.

이렇게 돌아다니며 먹을 수 있는 풀이라면 뿌리는 놔두고 걸어왔다.

그래봐야 벌목 현장이 아닌 곳은 얼마 되지 않았지만, 그래도 며칠 모으면 한 끼 식사는 됐다.

내가 주로 가는 곳은 광산이었다.

이유는 모르지만 그냥 광산이 좋았다. 마나석과 관련되어 있다는 생각은 했지만 그뿐이었다.

뭔가를 밝히기엔 지식이 부족했다.

"오늘도 아우스라니, 운이 좋네."

"스펜 아저씨, 다른 아이들 왔다고 괴롭히면 안 돼요."

"허어~ 이 꼬맹이가 날 어떻게 보고."

"어떻게 보긴요. 성격 나쁜 아저씨로 보죠. 키키키!"

"크크큭! 스펜에 대해선 아우스가 모르는 게 없구나."

스펜은 처음 광산에 왔을 때 말을 걸어준 이었다. 용병이었
는데 전쟁에 참여했다 고용자가 지면서 노예가 된 경우였다.

"이놈들이 나 스펜을 어떻게 보고!"

인상을 쓰며 으르렁거렸지만 정이 많은 사람이었다. 그리고
싸움에 능해 광산 3팀의 팀장을 맡고 있었다.

"아우스, 오늘도 네가 곡괭이 잡을 거냐?"

"네."

"차도 먹을 수 있는 거냐?"

"그건 자주 드시면 절대 안 돼요. 간혹 먹으면 굳은 몸도 이
완이 되고 피곤함도 잊을 수 있지만 자주 먹으면 중독된다고
말했잖아요."

벌목 현장에서 우연히 '웨이크업'이라는 나무를 발견했는데
그 나무의 잎을 말려 차처럼 우려먹으면 좋은 치료제가 된다.

하지만 중독성이 있는 위험한 마약이었다.

"내가 누구냐? 전직 용병이 그런 것도 모를까 봐. 그런데 그
거 마나석 가루를 타서 먹으면 중독 위험이 없어."

"예? 정말요?"

처음 듣는 얘기다.

'가만……?!'

머릿속에 번쩍 뭔가가 떠오른다.

악몽의 숲의 윌리엄 아저씨도 웨이크업을 자주 복용을 했다. 난 아주 간혹 힘듦을 잊고자 한 번씩 마셨지만 그는 매일 이다시피 마셨다.

"에이, 아저씨 중독되면 어쩌려고요."
"난 괜찮아. 특수한 방법이 있거든. 행여나 내가 괜찮으니 너도 괜찮을 거라고 생각하지 마! 이건 중독성이 강해."
"쳇! 그렇게 매일 마시는 게 중독이네요."
"특수한 방법이 있다니까. 그리고 내가 이걸 마시는 이유는 따로 있어."
"거짓말 말아요. 하여간 주기 싫으면 싫다고 할 것이지 핑계는……"

윌리엄 아저씨가 웨이크업을 복용했던 이유는 내가 푸줏간 아들로 살아갈 때 들었었다.
그는 심각한 병을 앓고 있었다.
고통이 심해 웨이크업을 복용하지 않으면 일을 할 수 없는 상태였던 것이다.
내가 죽고 채 1년이 되지 않아 해골처럼 빼빼 마른 모습으로 악몽의 숲으로 들어가는 장면이 그를 본 마지막이었다.
윌리엄 아저씨는 습관처럼 '특수한'이란 말을 많이 썼다.
특수한 가루, 특수한 그릇, 특수한 방법.

설마 특수한 가루가 마나석 가루를 말하는 것이었나?

"이놈이 내 말을 듣는 거야, 마는 거야?"

스펜의 말에 정신을 차렸다.

"듣고 있어요. 마나석 가루가 그런 효능이 있는 줄은 처음 알았거든요."

"약초에 대해선 잘 아는 놈이 그런 걸 몰라? 마나석 자체가 얼마나 많은 효능을 가지고 있는지 가르쳐 주지."

스펜은 용병을 하며 이것저것 들은 말들이 많은지 박학다식했다.

난 귀를 쫑긋 세우고 집중했다.

"마나석 하면 마법사들이 마법진을 구동시키거나 마법의 효력을 증대시키기 위해 사용한다고 생각하는 사람들이 많아. 하지만 그건 일부에 불과해. 마법 말고도 정화되지 않은 물에 하루를 담가두면 마실 수 있는 물이 되지. 또한 지니고만 있어도 웬만한 병은 걸리지 않는다는 얘기도 있어. 이곳에서 일하는 사람들이 겨울에 감기에 잘 걸리지 않는 이유가 그걸 뒷받침해. 그리고……."

박학다식했지만 말을 장황하게 하는 습관이 있었다.

쉽게 말해, 마법사들이 사용하는 것 말고도 정화 기능, 살균 기능, 탈취 기능까지 있다는 얘기였다.

"알았어요, 물 떠 올게."

"하하하! 진즉에 그럴 것이지."

세 개의 물주머니에 물을 채워 왔다. 그리고 말려뒀던 웨이크업 나뭇잎을 몇 개씩 넣었다.

"자, 이제 마나석 가루를 넣으세요."

"기다려 봐."

병사들 몰래 마나석을 빼돌리거나 하면 죽음이다. 난 그가 마나석 가루를 어떻게 구할지 궁금했다.

한데 바닥에 깔린 돌을 몇 개 들추더니 그중 하나를 들고 왔다.

"그게 마나석 가루예요?"

"봐라."

"돌에 뭐가 있다고……!"

돌에는 아주 얇게 마나석이 붙어 있었다. 너무 작아 얼핏 보면 보이지도 않는다.

"이런 건 상품성이 없거든. 물론 이런 것들도 모아 마나석 가루를 만들긴 하는데 이 정도는 병사들도 별로 신경 쓰지 않아."

설명을 한 스펜은 내 망치의 끝에 마나석이 있는 부분을 슥슥 갈기 시작한다. 그리고 그 가루를 세 개의 물주머니에 넣더니 마구 흔들었다.

"끝! 돌가루와 마나석 가루가 가라앉은 뒤 먹으면 돼."

좋은 것을 배웠다.

윌리엄이 말하던 특수한 그릇이라는 것도 어떤 것인지 알

만했다.

"이제 일하자. 오늘은 월터 아저씨가 아우스가 하던 일 대신해 줘요."

"허허허! 고맙네, 스펜."

내가 곡괭이질을 하는 날이면 스펜이 쉴 사람을 결정했다. 물론 자루가 차면 내가 밖으로 가져가야 했지만 말이다.

콱! 콱! 콱! 까득!

곡괭이질은 힘든 일이었다. 무조건 힘을 쓰면 곡괭이 자루가 부러져 버릴 뿐이었다.

"이제 제법이구나, 아우스."

세 번의 곡괭이질에 돌이 떨어져 나가자 옆에서 같이 일하던 스펜이 칭찬을 한다.

"칼로 내려치는 거나 곡괭이질이나 원리는 같아. 마지막에 손목만 잘 이용하면 마나가 없는 병사도 뼈를 가를 수 있어."

내가 곡괭이질을 시작한 건 스펜의 꾐 때문이었다.

한 번 해보라며 건넨 곡괭이를 잡자 여러 가지 자세를 가르쳐 주었다.

그가 가르쳐 준 자세로 무거운 곡괭이질을 하다 보니 넘치는 힘은 거짓말처럼 빠르게 소모되었다.

하지만 광산에 있을 땐 나의 체력은 그의 무한이었다. 숨 몇 번만 돌리면 금세 회복되었다.

그러나 이젠 곡괭이질을 해도 별로 체력 소모가 없었다. 요령을 터득했기 때문이다.

모든 일을 잊고 오로지 벽을 부수는 일에 몰두했다.

콰아악!

지금과는 다른 소리가 들렸다. 가장 먼저 눈치를 챈 건 스펜이었다.

"모두 멈춰!"

그의 말에 모두 멈추고 뒤로 물러났고, 스펜만이 앞으로 나아가 망치로 벽을 천천히 깨나간다. 그렇게 30분 정도 지났을 때 벽의 일부가 뚝 떨어져 나가며 눈부신 투명 돌이 모습을 드러낸다.

"맥(脈)이다!"

"우와아!"

성인의 한 뼘 정도로 좌에서 우로 비스듬히 뻗은 마나석의 맥을 보는 순간 심장은 다시 미친 듯이 두근댄다.

스펜에게 들은 말이지만 마나 광산에는 이러한 맥이 아주 간혹 발견되는데, 이것이 주먹만 해서 수백 금이 넘는 마나석은 이런 곳이 아니고서는 나오지 않는다고 했다.

"완벽해! 불순물도 없어!"

다른 두 군데 채광장에서 일하던 스펜의 팀원들은 함성 소리에 모두 몰려들었다. 그리고 그중 한 명이 기쁨에 소리를 질렀다.

스펜의 망치질이 더해 갈수록 마나석의 맥은 더욱 길어졌다.

"솔트론 님에게 알려!"

망치질을 멈춘 스펜은 식은땀을 닦으며 말했다.

그리고 곧 광산을 책임지는 솔트론이 달려와 마나석의 맥을 확인했다.

"이제부터 이곳은 폐쇄된다, 스펜!"

"예, 솔트론 님."

"어떻게 해야 하는지 잘 알지? 팀원들을 데리고 집에 가서 대기하도록."

"알겠습니다. 자, 오늘 우리 팀 일은 끝이다."

"우와아아!"

광산 3팀은 함성을 지르고 곡괭이를 들고 갱도를 따라 밖으로 나간다.

스펜은 멍하니 마나석의 맥을 보는 내 어깨를 치며 말한다.

"아우스, 너도 따라와."

"…네."

쉽게 발이 떨어지지 않았지만 고개를 돌렸다.

'5미터쯤인가?'

내가 얼마 전 표시해 뒀던 벽과 마나석 맥과의 거리는 5미터 정도였다.

이번에 난 심장이 두근거리는 강도에 따른 거리를 측정 실험한 것이다.

마나석의 크기와 양, 거리에 따라 강도가 달랐는데 이번 실험으로 꽤 많은 정보를 모을 수 있었다.

'그럼, 그곳 지하에는 도대체 뭐가 있는 거지?'

광산의 여러 입구 중 가장 아래 위치해 있으면서 계곡과 가까운 입구에 물을 뜨러 갔다가 심장이 멈출 뻔한 충격을 받았었다.

심장은 가슴이 아프도록 뛰었고, 온몸이 부들거리며 '먹고 싶다'는 충동에 싸였다.

당장에라도 땅을 파고 들어가고 싶었지만 인간인 내겐 무리였다.

이후엔 그 근처엔 얼씬도 하지 않았다. 아마 다시 간다면 미쳐서 맨손으로 땅을 팔지도 몰랐다.

'설마 블루 마나석의 맥은 아니겠지.'

꿀꺽!

생각만 해도 침이 고인다.

"이 자식, 고기 생각하나 보구나? 큭큭!"

"네, 뭐……."

스펜이 내가 침을 삼키는 걸 보고 웃으며 묻는다.

돌을 좋아한다고 말할 순 없었기에 그냥 적당히 대답했다.

"걱정 마라. 고기는 물론이고 술까지 먹을 수 있을 테니. 일단 냇가에서 씻고 집에 가 있어라."

"정말 그래도 돼요?"

"물론이지. 그리고 한동안 실컷 잠을 자도 될 거다."

뭘 말하는지 대충 이해가 되었다.

블루 마나석을 발견한 것처럼 맥을 발견하면 주어지는 특전이 있나 보다.

"씻자. 모두 빨래도 해! 오늘 저녁에 냄새 나는 사람은 저녁밥 없다. 특히, 판토 너!"

"에에에~? 스펜 대장만 잘 씻으면 되거든요."

"하하하! 맞아, 스펜의 발 냄새는 정말이지 최악이야."

"커억! 월터 아저씨나 잘 씻어요!"

광산 3팀의 얼굴엔 웃음꽃이 핀다.

"스펜 아저씨!"

윗옷을 벗고 냇가로 들어가자 스펜은 손으로 물총을 만들어 날 향해 쏘았다.

가만히 당하고 있을 내가 아니었다.

물의 표면을 손으로 밀자 큰 물줄기가 만들어지며 스펜의 얼굴에 강타를 했다.

"어푸! 이 망할 놈의 꼬맹이가 감히 나 스펜에게… 켁!"

말을 하는 그를 향해 두 손을 이용해 계속 뿌려 물을 먹였다.

"꼬맹이 너 죽었어!"

"헤헤헤헤! 잡아보세요~"

인간은 환경 적응의 동물이라고 누군가가 말했다.

맞는 말이었다. 노예로 어떻게 살아갈까 고민한 지 얼마 되지도 않았는데 지금은 웃으며 장난을 치고 있으니 말이다.

나중엔 어떨지 모르지만 지금은 노예가 아닌 그저 평범한 아이가 되어 이 순간을 즐겼다.

물놀이를 마친 사람들은 본격적으로 묵은 때를 벗기기 시작했다. 깨끗한 계곡물엔 순식간에 부유물이 둥둥 떠다닌다.

"징그럽게도 나오는군."

씻을 시간이라곤 일이 끝나고 잠깐뿐이었기에 때는 벗겨도 벗겨도 끝이 없다. 나한테 이토록 많은 때가 있었나 싶을 정도다.

"으~ 더러운 놈, 자주 좀 씻지."

"아저씨한테 그런 말 듣기 싫거든요."

스펜도 나 못지않았다. 그의 머리색이 금발인 것은 오늘 처음으로 알았다.

"어? 아우스 너 다쳤냐? …아니구나. 점이네."

등 뒤에 있는 점을 보곤 스펜은 마치 때를 밀듯이 손가락으로 꾹꾹 밀었다.

"좀 크죠?"

본래 아우스가 가지고 태어난 점이 아니었다.

약초꾼일 때도, 푸줏간 아들로 태어났을 때도, 불량배일 때도, 제리오였을 때도 점은 있었다.

몸을 갈아탈 때 같이 점도 같이 움직인다는 건 오래전부터 알고 있었다.

하지만 그냥 그러려니 했을 뿐이다.

"응. 크기보다 모양이 이상해."

"동그랗게 생긴 점 아니에요?"

혹시나 몸을 갈아타는 게 점 때문이 아닐까 해서 변화를 알아보려고 매일같이 거울로 본 적이 있었다. 하지만 1년이 지나도, 5년이 지나도 언제나 둥근 점이었을 뿐이었다.

"아니? 마치 나무처럼 생겼어."

"예에?"

"이… 렇게 말이지."

스펜은 점의 테두리를 돌며 어떻게 생겼는지 설명해 줬다. 그가 등에 그린 모양은 그의 말처럼 나무처럼 생겼다.

'어라? 어떻게 된 거지?'

황당했다.

점이 자란다는 얘기는 들었지만 크기만 커지는 것이지 이렇게 이상한 모양으로 큰다는 얘기는 처음이었다.

"어떻게 생겼는지 자세히 말해주세요."

혹시 환생하는 이유에 대한 힌트라도 얻게 되지 않을까 생각해서 자세한 설명을 요구했다.

"여기 뿌리도 있고, 줄기도 있고, 나뭇가지도 있고, 그냥 작은 나무처럼 생겼어."

다른 건 장황하게 설명하면서……

직접 보려고 몸을 꼬면서 고개를 돌려보지만 꼬리뼈 부근만 얼핏 보일 뿐이다.

"지랄을 해라."

내가 하는 양을 지켜보던 스펜은 어이없다 웃고는 다시 때를 벗겼다.

"에이! 안 해."

거울이 있다면 모를까 좌우로 아무리 목을 돌려도 소용없었다. 괜스레 몸을 꼬다 보니 목과 허리에 쥐가 날 뿐이었다.

"스펜 아저씨, 전 그냥 집에 가 있으면 된다고요?"

"응, 일 있으면 사람 보낼 테니까 잠이나 실컷 자."

잠을 잘 생각은 없었다.

지금까지 미뤄왔던 냄새나는 집이나 청소할 생각이었다.

                *   *   *

베어는 광산에서 마나석의 맥이 발견되었다는 소식을 듣곤 바로 베르딘 남작의 집무실로 향했다.

"좋은 일이 있나 보군요?"

베르딘 남작은 서류를 작성하고 있었다. 그는 고개도 들지 않고 말했다.

"어떻게 아셨습니까?"

"베어 경의 발소리만 들어도 알 수 있어요. 다급할 땐 다다다닥 소리로 오시고 기쁠 땐 다닥, 다닥! 경쾌한 소리가 들리죠."

"이런, 저도 모르는 습관이 있었군요. 고치도록 하겠습니다."

베어는 작은 습관이 전투가 벌어졌을 때 얼마나 치명적인지 잘 알고 있었다.

"하아~ 베어 경은 다 좋은데 너무 고지식해요. 그런 습관은 나의 기쁨으로 남겨뒀으면 좋겠군요."

"남작님이 원하신다면 그대로 두겠습니다."

고개를 숙이며 말하는 베어는 전형적인 기사였다. 그런 베어를 흘낏 보는 베르딘 남작은 때론 그가 답답하기도 했지만 다른 한편으론 믿음직했다.

"작은 마정석(블루 마나석) 정도로 이렇게 달려오진 않았을 테고… 맥이라도 발견됐나요?"

"남작님은 정말 모르시는 게 없으시군요."

"부끄럽게 하지 마세요. 그저 추측일 뿐이니까요. 그나저나 어느 정도의 맥이죠?"

"20센티미터 정도의 최고 등급의 마나석이라 합니다."

"오! 아버님이 좋아하시겠네요."

베르딘 남작은 피에르 폰 뮬터 공작의 차남이었다. 하지만 5서클에서 막힌 마법의 벽을 깨뜨리기 위해 자진해서 이곳으로 온 그였다.

마나 광산 주변은 도시와 비교가 안 될 정도로 많은 마나가 모여 있었다. 그래서 많은 마법사들이 마나 광산 근처에서 수련하기를 소망했다.

이곳 마나 광산에서 좀 떨어진 곳에도 마법을 수련하는 마법사들이 모여 작은 마을을 이루고 있을 정도였다.

특히 마나 광산 안에서 수련을 하면 더 빠른 속도로 마나를 모을 수 있었다. 그래서 뮬터 공작가의 마법사들은 순환을 하며 수련을 위해 마나 광산으로 왔다.

밤이 되면 광산은 마법사들의 수련 장소였다.

"스승님은 무얼 하고 계십니까?"

"조금 전에 주무시다가 일어나 늦은 점심을 드셨습니다."

"그렇다면 그분과 함께 가봐야겠군요."

"예, 이미 준비해 뒀습니다."

"나도 한동안 그곳에서 지낼 테니 업무는 베어 경이 맡아주세요."

"아라 님의 이름으로! 대성하시길 바랍니다."

"고마워요, 베어 경."

베르딘 남작은 이미 6서클에 가까운 마나를 모은 상태였지만 5서클의 벽을 넘기란 쉽지 않았다. 마나석의 맥에서 흘러나오는 순수한 마나의 기운과 품속에 넣어둔 두 개의 마정석이라면 이번엔 왠지 가능할 것 같은 느낌이 들었다.

"맥을 발견한 노예들에게는……."

"충분한 휴식과 술, 고기까지 정해진 대로 해주세요. 그리고 다른 노예들에게도 고기 맛 좀 보게 해주세요."

"알겠습니다. 한데 한 가지 물어봐도 되겠습니까?"

"물론 괜찮지요."

베어는 베르딘 남작을 존경했지만 오직 한 가지, 그가 노예를 대하는 태도는 이해가 되지 않았다.

10년 전 처음 이곳에 왔을 때, 노예는 짐승처럼 다루어야 한다고 배웠다.

한데 베르딘 남작이 책임자로 온 3년 전부터 노예들에 대한 대우는 정말이지 많이 좋아졌다.

처음엔 그저 마음이 여린 도련님이 노예가 불쌍해서 하는 행동인 줄 알았지만 그게 아니었다. 베르딘 남작은 얼음처럼 냉정한 사람이었다.

베어는 베르딘 남작의 마음을 알고 싶었다.

"왜 노예들에게 잘해주시는지 궁금합니다."

"잘해준다라… 하하하! 베어 경, 이곳에서 지낸 지 얼마나 되셨죠?"

"10년 되었습니다."

"오래 계셨군요. 내가 이번 수련을 끝내고 나면 한 달 정도 수도에 다녀오세요."

"네에? 무슨 말씀이신지?"

"내가 이곳으로 오기 전에도 하루가 다르게 변하는 세상이었지요. 상인들이 돈을 벌어 귀족의 직위를 사고, 귀족을 집어삼키고, 돈 있는 평민들이 우후죽순처럼 생겨나며 노예를 부리는 세상이 됐죠."

"이런 무도한 놈들이……!"

"그뿐만이 아니에요. 도란스 삼국에선 노예들의 반란으로 많은 귀족이 죽었어요. 그리고 뮤트 제국에선 돈 많은 평민들의 힘을 등에 업은 황제가 귀족들의 힘을 넘어서 점차 중앙집권체제로 넘어가고 있는 실정이죠."

"……."

베르딘 남작의 설명을 듣는 베어는 머리가 멍해졌다. 과연 그가 지금까지 알고 있던 세상이 맞는지 의문이 생겼다.

"세상은 급변하고 있어요. 노예 가격이 얼마나 오른 줄 아세요? 10년 전과 비교하면 20배 이상 올랐어요. 내 예상으론 조만간 더 오르겠죠. 제국에선 노예를 구하기 위해 전쟁을 해야 한다는 얘기까지 나오고 있어요."

"그, 그렇습니까?"

"하하하! 그렇다고 노예를 귀족 보듯이 하진 말아요. 노예는 그저 노예일 뿐이니까. 다만 저들이 아무리 먹는다고 해도 평민을 일꾼으로 고용하는 것보다 훨씬 저렴하다는 사실이 중요한 겁니다."

베어는 그의 말을 완전히 이해하지 못했다. 그래서 아무 말도 할 수가 없었다.

그에 베르딘 남작은 그의 마음을 이해한다는 표정으로 설명을 덧붙였다.

"받아들이기 힘들 겁니다. 현재 제국의 대부분의 귀족들도 마찬가지니까요. 하지만 이것 하나만 기억하세요. 말을 듣지 않으면 죽인다. 대신 말을 잘 들으면 먹고살게는 해준다."

베르딘 남작은 여전히 멍하니 서 있는 베어를 놔두고 집무실을 나섰다.

"시대가 변했다… 시대가 변했다……."

베어는 그의 헝클어진 생각을 풀어줄 유일한 해법이라도 되는 양 베르딘 남작이 한 말을 몇 번이고 중얼거렸다.

공작가의 기사가 되어 마나 수련을 위해 이곳에 왔다가 경비대장 책무를 맡게 되어 10년이라는 시간을 보낸 그다.

검술은 여전히 원하는 수준에 이루지 못했지만 이곳을 벗어날 때가 되었음을 느꼈다.

"베르딘 남작님의 제안을 받아들여야겠어."

베르딘 남작은 그에게 자신이 나갈 때 같이 나가자고 제안을 했었다.

공작가의 기사로서는 장남인 샤루틴 자작을 따르는 것이 맞겠지만 시대는 변했다.

아무리 기사의 시대가 갔다지만 자신을 이곳에 방치한 샤루틴 자작보다는 자신의 능력을 인정해 준 베르딘 남작과 함께하고 싶어졌다.

동시에 그가 말한 것이 사실인지 급변한다는 세상을 보고 싶어졌다.

결심을 한 베어는 집무실을 나와 일터로 향했다. 지금은 광산 일에 집중할 때였다.

"베어 경!"

"무슨 일이냐?"

급하게 뛰어오는 이는 자신의 비서이자 검을 배우고 있는 종자였다.

"마법사님이 뵙기를 청합니다."

"어떤 분이 말이냐?"

이곳에 머무는 마법사는 알게 모르게 많았다. 하지만 자신을 찾을 정도면 베르딘 남작의 스승이나 사형들일 가능성이 높았다.

"그 산에서 지내는……."

베어의 얼굴이 와락 구겨졌다. 돈을 주고 이곳 마나 광산에 머무는 반쪽자리 마법사 주제에 자신을 찾는 것이 짜증 났다.

"제까짓 게……."

화가 났지만 좀 전에 중얼거렸던 시대가 변했다는 말이 기억이 나 속으로 삼켜야 했다. 무엇보다도 그가 매년 주는 돈이 상당했다.

"무슨 일이라더냐?"

"지금 데리고 있는 소년 노예가 마음에 들지 않는다고 바꿔 달랍니다."

"쯧! 도대체 뭘 하기에 매번… 지금은 바쁘니까 나중에 다시 오라고 그래."

"알겠습니다."

말을 해놓고 보니 나중에 다시 와도 짜증이 날 것 같았다.

"아니다. 청소 팀 담당이 누구지?"

"브라운입니다."

"브라운과 상의해서 한 명 아무나 데려가라고 해. 다음부 턴 그 마법사에 관련된 건 네가 처리하고."

"어찌 제가……."

"너도 슬슬 일을 배워야지, 언제까지 내 말을 전달만 하고 살 생각이냐! 지금 시대가 어떤 시댄데."

"아, 알겠습니다."

인사를 하고 멀어져 가는 비서를 보면서 못마땅한지 혀를 차던 베어는 방금 전 사용했던 말이 마음에 들었다. 그리고 그 말을 몇 번이고 중얼거리며 걸음을 옮겼다.

4장
이상한 노인네와의 만남

맥을 발견한 포상은 대단했다. 모든 노예가 고기를 먹었고, 광산 3팀과 나는 일주일간의 휴식에 고기와 술을 받았다.

청소 팀 전체가 부러워했고, 살틴은 질투심에 지랄을 했지만 일주일간의 휴식은 오히려 나에게 더 힘든 곤욕이었다.

어설프게 손을 댄 집 안 청소는 해도 해도 끝이 없었다.

"차라리 집을 새로 짓는 게 빠르겠다."

난 어린애라는 이유로 술 대신 걸레를 받았는데 그 걸레가 까맣게 되기가 수십 번이었다. 하지만 바닥을 아무리 닦아도, 아직도 걸레는 새까맣게 변했다.

시동 시절 '청소의 제리오'라고 불리던 나였다. 청소엔 묘한 매력이 있었다.

비록 내가 잘 방은 아니었지만 깨끗해진 방을 봤을 때의 희열은 엄청났다.

한데 청소 팀의 집은 짜증만 불러일으킬 뿐이었다.

할 일이 없으면 운동을 하면 그만임에도 한 번만 더, 한 번만 더 하면서 한 것이 열 번이 넘었다.

청소를 했다고 알아주는 이 한 명 없는데 이 짓을 왜 하고 있는 건지 도통 모르겠다.

"딱 한 번만 더 해본다."

그럼에도 다시 냇가로 향한다.

오기였다.

냇가 근처에 있던 병사들은 맥을 발견한 날부터 보이지 않았다. 그래서 웬만한 장소는 마음껏 돌아다닐 수 있었다.

걸레를 빨면서 온몸의 감각에 최대한 정신을 집중했다. 그리고 게걸음 치듯이 조금씩 움직여 목표물로 향한다.

"이건가?"

냇가에 있는 돌을 들어 올리자 아주 작게 붙어 있는 마나석이 보였다.

주변을 살피고 걸레로 쌌다. 그리고 다시 정신 집중.

두근! 두근!

미약하게 두근거리는 심장박동 소리와 함께 침이 주룩 흐른다.

쓰으읍! 블루 마나석? 땅인가?

살금살금 움직이며 정확한 위치를 가늠한다. 그렇게 한참을 꼬물대며 땅이 아니라 냇가에 있는 어린아이 머리만 한 돌안에 마나석이 있음을 알아냈다.

눈치를 보다 걸레로 돌을 싼 후 막 일어나려는 찰나 뒤에서 소리가 들려 재빨리 다시 앉아야 했다.

"아우스, 너 잠 안 자고 거기서 뭐 하냐?"

"스펜! 거, 걸레 빨아요."

"놀라긴. 근데 무슨 걸레를 여기까지 내려와 빨아?"

"헤… 헤. 그게… 걸레를 놓쳐서 여기까지 떠내려 왔거든요."

"하여간 특이한 놈이라니까. 청소하나 본데 포기해라. 수십 년 묵은 때가 사라지겠냐? 설령 깨끗해진다고 해도 며칠 지나면 똑같아."

"그, 그래서 포기할까 생각 중이에요."

"그래, 포기하고 자. 자는 게 남는 거야."

소변이 급해 나왔는지 숲으로 근처에서 오줌을 싸고 다시 들어간다.

"나도 멍청해. 여기 돌 속에 뭐가 있는지 나 말고 아는 사람이 어디 있다고."

괜스레 꾸물거리는 게 더 이상해 보인다는 걸 알게 된 난 태연히 바위와 마나석이 있는 돌을 들고 집으로 향했다.

텅 빈 집에 들어온 난 걸레는 집어 던지고 주워온 돌을 살폈다.

광산에서 나온 돌이 아니라 오랜 시간 냇가에 있던 돌인지 겉은 매끈했고 떨어지는 물에 한쪽이 오목하게 파여 있었다.

"좀 더 파였으면 딱 좋을 텐데……."

특수한 그릇으로 사용하기 나쁘지 않았다. 한데 자꾸 부정적인 생각을 하게 된다. 머리는 얼른 깨서 안에 있는 블루 마나석을 먹으라 말했다.

누군가 옆에서 본다면 먹이를 앞에 두고 먹지 못하는 개 같다고 말할 것이다.

"안 돼!"

침을 닦으며 머릿속의 부정적 생각을 떨쳐 버렸다.

쉬는 이틀간 마나석 가루도 모았고, 그릇으로 쓸 도구까지 구했으니 이제 실험을 해볼 때였다.

황금 거위의 배를 가르는 멍청이가 되지 말아야 한다고 되뇌었다.

릴리즈는 처음 봤을 때와 달라진 것이 없었다.

그중 뽑아서 뿌리는 그늘진 곳에 던져놓고 꽃과 줄기를 돌 위에 올려놓고 빻았다. 그리고 그 위에 마나석 가루를 뿌렸다.

사실 순수한 마나석 가루는 아니었다. 돌가루 반, 마나석 가루 반이었기에 넉넉하게 넣은 후 비가 맞지 않을 곳에 적당히 숨겨뒀다.

설령 남들이 본다고 해도 이상할 것이 없었다.

일주일간 휴식 중 내가 해줄 수 있는 것은 초소 근무를 대신해 주는 것밖에 없었다.

아픈 사람이라도 있다면 대신 일하겠지만 다행히도 아픈 사람은 없었다.

저녁을 먹고 갈 준비를 마쳤다.

"진짜 괜찮아?"

리브는 계속 근무를 서는 게 마음에 걸리는지 걱정스럽게 물었다.

"괜찮아요, 형. 낮에 잠깐 자면 돼요."

"하여간 고집은……. 근데 오늘 같이 근무할 사람이 살틴이야. 바꿔줄까?"

"아뇨."

무시를 한 거지 무서운 게 아니었다.

"살틴, 근무 나가."

"크크크! 오늘 저녁 재미있겠는데."

살틴이 재미있다는 듯 웃으며 다가왔다.

"글쎄, 근무 서는 게 재미있으면 매일 서든지."

"이 새끼……."

"살틴! 사고치지 마. 내가 벼르고 있다는 거 알아둬."

"쳇! 그러시든지."

"이 자식이 정말!"

"그만해요."

리브와 살틴이 싸울 분위기다. 난 리브를 말렸다. 그리고 살틴과 밖으로 나왔다.

"개새끼! 초소에 가서 보자."

"그러시든지."

난 뒤에서 욕을 하는 살틴을 두고 느긋하게 초소로 향했다.

초소는 청소 팀이 있는 집에서 약간 떨어진 곳에 설치가 되어 있었다.

그 위로는 병사들이 지키고 있었는데 몬스터가 나타났을 때 중간에서 알리는 역할을 하는 곳이었다. 그래서일까, 높이는 병사들의 초소가 보일 정도로 높았다.

"아까 한 말 다시 해봐!"

으르렁거렸지만 무시했다.

"다시 해보라고 새끼야!"

초소에 올라온 살틴은 길길이 날뛴다. 말로 하는 건 무시하면 그뿐이다.

하지만 못된 손이 가슴을 때렸다.

"그만해라."

"하~? 이 개새끼야! 그만 못 하겠다면 어떻게 할 건데? 고블린 X만 한 게."

짝!

놈의 손바닥이 얼굴을 할퀴고 지나갔다.

무시를 하는 단계는 끝이다.

한 번 맞으면 두 번 맞아야 되고, 두 번 맞으면 세 번 맞아야 한다. 그리고 개기면 또 맞아야 한다.

힘이 없다면 말이지.

퍼어억!

그대로 몸을 돌려 놈의 얼굴을 후려갈겼다. 갑작스러운 일격에 바닥으로 쓰러진다.

"이 오크 X으로 젓갈을 담아 함께 묻어버릴 새끼야! 가만히 있으니 사람이 우습게 보이냐? 눈깔을 뽑아 똥구멍에 넣어버릴 새끼! 배때기를 갈라 창자로 목을 졸라 죽여 버릴까 보다. 귀에 오우거 X을 박았어? 그만하라고 했어, 안 했어!"

뒷골목의 양아치가 되었을 때, 하루라도 안 맞으면 잠이 안 올 정도였다.

그렇게 맞으면서 싸움을 배웠고, 스무 살이 되기 전 날 건드리는 놈은 아무도 없었다.

타고난(?) 힘도 있었지만 한 번 맞으면 죽을 때까지 쫓아가서 복수를 했다.

퍽! 퍽! 퍽!

"씹새끼, 개새끼, 고블린 귓구멍을 가진 새끼."

50여 년 전의 불량배 토란이 되었다. 넘어진 살틴을 밟았다.

살틴은 몸을 웅크리며 타격을 최소화하려 했지만 때리는 건 내 전문이었다.

"이… 개새끼! 큭! 윽!"

살틴은 맞을수록 눈의 독기가 강해졌다.

아마 토란의 어린 시절 내가 저랬을 것이다.

불의의 일격을 받아서 쓰러졌다고 생각하는 지금이라면 맞아 죽는다고 해도 독기는 절대 빠지지 않았다.

난 때리기를 멈추고, 살틴이 일어나 덤빌 때까지 기다리기로 했다.

뒷골목에선 날 건드리는 놈은 없었지만 세상엔 강자가 많았다.

특히 마나를 사용하는 기사에게는 독기도, 깡도 소용이 없었다.

주먹 한 방, 한 방에 온몸의 뼈가 흔들리고 세상이 멋대로 움직이는 것처럼 느껴졌다.

처음으로 독기만으로 안 된다는 걸 알고 살기 위해 눈을 깔고 살려달라고 빌었다.

젠장! 그때를 생각하니 짜증이 밀려온다.

"퉷! 기, 기습에 당했지만 이제 끝이야, 씨발 새끼!"

"아가리만 털지 말고 들어와."

"이익! 씨……."

퍼어어억!

난 그때 기사 놈이 나에게 했던 그대로 살틴에게 해볼 생각이었다. 주먹에 힘을 집중해 들어오는 놈의 배를 때렸다.

"……!!!"

"숨쉬기가 힘들지?"

그대로 앞으로 꼬꾸라진 샬틴.

바닥을 긴다.

"우에에에웩!"

저녁으로 먹은 스프와 빵 조각이 초소의 바닥에 쏟아졌다. 그리고 그 위에 고개를 박은 샬틴은 일어나기 위해 꿈틀댄다.

"일어나, 기다려 줄게. 밤은 이제 시작이거든."

어두운 세상을 밝혀야 할 초승달은 구름에 반쯤 가려 그 기능을 제대로 하지 못했다.

하지만 내 눈에는 그 정도만으로도 주변의 모든 것이 보였다.

하여간 아우스의 오감은 정말이지 좋았다.

젤리처럼 느껴지는 공기를 손으로 휘저으며 놀고 있을 때 몰래 일어난 샬틴이 다가오는 게 느껴졌다.

그의 손에는 항상 가지고 다니던 조약돌이 들려 있었다.

"죽어!"

옆으로 한 발짝 움직여 머리를 향해 오는 공격을 피했다. 그리고 그 힘을 이용해 발로 찼다.

초소의 벽에 부딪힌 샬틴을 얼굴을 제외한 몸의 구석구석을 때리기 시작했다.

"큭! 윽! 악!"

"넘어지면 곤란해."

벽에 기대게 한 후 쓰러지려면 다시 밀고 때렸다. 반항을 하려 했지만 부질없는 손짓에 불과했다.

결국 눈이 뒤집히며 벽을 기댄 채 바닥에 주저앉는다.

"언제까지 그런 눈을 하는지 보자. 밤은 기니까, 크크크!"

살틴의 가족은 본래 도란스 삼국 출신이었다. 한데 상단의 명령으로 발칸 제국의 지점장으로 발령을 받은 그의 아버지를 따라 발칸 제국으로 오게 되었다.

하지만 발칸 제국에서 살틴의 삶은 지옥이었다.

지점장으로 온 지 1년이 안 돼서 부모님이 도둑에게 목숨을 잃었고, 그는 일곱 살 때부터 빈민가를 전전하게 되었다.

나이 어린 그가 할 수 있는 일은 구걸밖에 없었다.

그러나 구걸에도 구역이 있다는 걸 살틴은 몰랐다. 구걸을 하는데 갑자기 나타난 거지 떼에게 살틴은 죽도록 맞아야 했다.

그리고 안전하게 구걸을 하기 위해선 거지 길드라는 곳에 가입을 하고 두목에게 상납을 해야 한다는 걸 알게 되었다.

말이 거지 길드지, 두목이 부모 잃은 어린아이들을 모아 앵벌이를 시키는 곳이었다.

거지 길드에 끌려간 첫날 두목이라는 놈은 어린 그가 살려달라고 빌 때까지 때렸다.

이유는 간단했다. 공포를 심어주어 복종하게 만들기 위해서였다.

살틴은 그곳에서 3년의 시간을 보냈다.

그리고 마침내 어린 시절 느꼈던 공포를 극복했다. 3년간 그를 무수히 괴롭혔던 두목을 죽인 것이다.

그 이후 살틴은 무서운 것이 없었다. 빈민가가 사라지며 경비대에 잡혀 노예가 되었을 때도, 광산에 끌려왔을 때도 겁이 나질 않았었다.

한데 거지 길드의 두목에게 맞던 날이 생각나며 마음속 깊이 숨어 있던 공포가 슬금슬금 올라와 살틴을 집어삼켰다.

"난 두렵지 않아~!"

입술을 깨물어 피를 내며 두려움을 없앤 살틴은 무작정 아우스에게 달려들었다.

"컥! 우웩!"

인정사정없는 주먹이 다시 복부에 박혔다.

비워졌다고 생각한 속에서 노란 위액이 쏟아진다. 그리고 시큼한 냄새가 코를 찌른다.

움직이려 했지만 생각만 그럴 뿐 힘이 모두 사라진 듯 꿈틀거리지도 못한다.

"나도 겪어봐서 알아."

'네놈이 이 고통을 겪어봤다고?'

"포기하고 싶을 거야. 한데 그러지마. 너의 근성이, 악이, 독기가 나보다 부족하다고 생각하지 않아."

'웃기지 마! 나의 독기는 이 정도가 아냐.'

말할 힘은 없었지만 눈으로 아우스에게 말했다.

"그래, 그래야지. 지금까지 내가 겪은 것의 10분의 1쯤 될 거야. 끝까지 버티면 내가 형이라 불러줄게."

'거… 거, 거짓말!'

"시작하자."

'아, 안 돼! 저, 저리가, 이 새끼야~!'

살틴은 말을 하기 위해 미친 듯이 외쳤지만 아무 말도 나오지 않았다.

그리고 아우스는 열네 살이라는 믿어지지 않는 잔인한 표정으로 다가왔다.

"허어억!"

살틴은 눈을 떴다. 퀴퀴한 냄새와 까맣게 된 나무 천장이 눈에 보인다.

"악몽?"

제일 먼저 드는 생각은 아우스에게 당한 게 꿈이 아닐까 하는 것이었다. 하지만 아우스를 생각하자 반사적으로 두려움에 몸이 떨려왔다. 그리고 욱신거리는 고통이 현실이었음을 말해준다.

"크으윽! …흑!"

주변을 보고 방 안에 혼자 있음을 안 살틴은 울음이 나왔다.

어젯밤 일이 모두 기억이 난 것이다.

살려달라고 빌었다. 있는 힘을 다해 발길질을 하는 아우스의 발을 잡고 제발 살려달라고 빌고 또 빌었다.

부끄러웠다. 그때 맞아 죽지 않고 살기 위해 빈 자신이 싫어졌다.

모두 일하러 나가 조용한 판잣집은 살틴이 흐느끼는 소리만 조용히 울려 퍼진다.

"씨발! 고블린 X 같은 놈에게……."

한참을 운 살틴은 나지막이 아우스를 욕하며 눈물을 닦았다.

"쯧쯧쯧! 괜찮냐?"

그때 문이 벌컥 열리며 리브가 혀를 차며 들어온다.

"초소의 사다리가 낡았으니 그리 조심하라 말했건만… 먹어라, 점심이다."

"……."

"먹여주랴?"

"됐어!"

"떨어져 다친 주제에 입은 살았네. 나중에 아우스에게 고맙다고 해라. 다친 널 이곳까지 데려온 것도 그렇지만 너 대신 일하고……."

"그 자식 얘긴 꺼내지도 마!"

"성질하곤. 얼른 먹고 기운 차려라."

리브는 빵과 물바가지를 얼굴 가까이에 밀어주고 밖으로 나갔다.

"새끼……."

잘난 척한다고 실컷 욕을 해주고 싶었지만 리브가 마지막에 한 말에 담긴 진정성이 가슴에 와 닿았기에 더 이상 말을 잇지 못했다.

그나저나 다시 혼자가 된 살틴은 아우스의 어쭙잖은 변명을 욕했다.

"승자의 아량이라 이거지? 뭐, 사다리에서 떨어져? 병신 같은 새끼."

"누가 병신이에요?"

"……."

다시 문이 열리며 이번엔 아우스가 들어왔다.

"리브 형이 왔다 갔나 보네요."

살틴은 아우스를 본 순간 두려움에 눈동자가 심하게 흔들렸다. 그리고 그가 자신의 옆에 앉자 고개를 돌렸다.

"다른 사람들한테는 사다리에서 떨어졌다고 말해뒀으니 그렇게 알아요."

"그, 그냥 사실대로 말하지 그랬어. 살틴을 박살 냈다고 말이야! 다른 놈들이 무척이나 좋아했을 텐데."

"사실대로 말하면 처벌받아야 하는데 그런 건 질색이거든요."

'하여간 이 새끼는 마음에 들지 않아. 어제는 죽일 듯이 굴었으면서 그깟 처벌을 무서워하다니.'

고개를 돌린 채 살틴은 인상을 쓰며 속으로 욕했다. 그리고 차갑게 말을 뱉었다.

"죽었는지 확인하러 온 거라면 무사하니까 이만 꺼져!"

"그런 거 같네요. 빵과 약은 두고 갈게요."

아우스는 일어나 밖으로 향한다. 그러다 할 말이 있는지 문 앞에서 멈춰 섰다.

"참, 약속은 지킬 테니까 걱정 말아요."

'약속? 무슨 약속을 했었나?'

무슨 약속인지 궁금했지만 고개는 움직이지 않았다.

"그럼 쉬어요, 살틴 형."

놀린다고 생각하고 욕이라도 해줄 생각에 고개를 돌렸지만 아우스는 이미 사라지고 없었다. 하지만 목까지 나온 욕을 결국 뱉고 만다.

"미친 오우거 같은 새끼! 형? 형이라고? 지랄하고 자빠졌네. 차라리 욕을 해라, 이 씨바 새끼야! 누굴 놀리는 것도 아니고……."

한참을 욕을 하자 비로소 기분이 조금 풀렸다.

곰곰이 생각해 보니 어젯밤에 자신이 당했던 일을 그대로 버티면 형이라고 하겠다고 말한 기억이 났다.

"제까짓 놈이 버틴 걸 내가 못 버틸 거라 생각한 자체가 오산이지, 병신……."

말은 그렇게 했지만 그의 몸은 부들거리고 있었다. 다시 똑같은 일을 겪어야 한다면 결코 10분의 1도 겪을 자신이 없었다.

한참 아우스의 행동에 대해 생각하던 살틴은 옆에서 풍겨오는 빵 냄새에 심한 허기를 느끼곤 자리에서 일어났다.

"약은 어디에 있다고… 쳇!"

옆에 있는 건 두 개의 빵과 물밖에 없었다. 다시 한 번 아우스를 욕한 살틴은 잠시 눈치를 보다가 빵과 물을 허겁지겁 먹어치웠다.

어린 시절 굶기를 밥 먹듯이 해서인지 배고픔을 쉽게 참을 수가 없었다.

허기가 어느 정도 채워지자 졸음이 왔다.

아픈 몸을 이리저리 돌리며 겨우 자리에 누웠다. 그리고 막 잠을 자려는 순간 배에서 신호가 왔다.

꾸르르르륵!

일어나 밖으로 나가기가 힘든 상황.

억지로 항문을 조이며 참으려 했다. 하지만 배는 요동을 치다 못해 뒤틀리듯 아파왔다.

그리고 머릿속에 떠오르는 생각.

'설마 이 빌어먹을 자식이……'

하지만 지금은 그게 중요한 게 아니었다. 비명을 지르는 근육들을 무시하고 번개처럼 화장실로 가 바지춤을 내렸다.

항문이 이상한 소리를 내며 시커멓고 지독한 냄새의 '뭔가'를 토해낸다.

"휴~ 바지에 쌀 뻔했네. 근데 뭔 냄새가……."

옆에 있는 나뭇잎을 따서 닦은 살틴은 아픈 몸을 이끌고 다시 집 안으로 들어갔다. 그리고 잠시 후, 다시 후다닥 나온다.

그렇게 화장실을 몇 번 들락거리던 살틴을 결국 울부짖으며 소리쳤다.

"아우스, 이 고블린 X 같은 새끼야~!"

＊　　　　＊　　　　＊

살틴을 대신해 휴일 기간의 마지막 날까지 일을 하던 중 광산에서 이상한 일이 일어났다.

젤리처럼 느껴지는 공기가 한참을 요동치더니 어느 한 방향으로 몰려갔고, 잠시 후 그 방향에서 어마어마한 폭발이 일어났다.

물론 진짜 폭발이 아닌 젤리 같은 공기의 폭발이었기에 다른 사람은 느끼지 못했지만 말이다.

무슨 현상일까 싶어 물을 가져온다는 핑계로 광장으로 나왔고, 그 현상이 일어난 곳이 마나석의 맥이 발견된 곳임을 알게 되었다.

하지만 완전히 통제된 그곳에서 무슨 일이 있어났는지 알수 있는 방법은 없었다.

다만, 그날 일은 곧 끝이 났고, 다음 날은 전 노예에게 휴일이 주어졌다.

청소 팀에서 광산에 가장 오래 있었던 리브는 일 년에 두번 있는 휴일—대지의 여신인 아라 탄신일과 피에르 폰 뮬터 공작의 탄신일—을 제외하곤 처음 있는 일이라며 뜻밖의 휴일에 기뻐했다.

아침을 먹자마자 아이들은 다시 꿈나라로 갔다.

몰린을 깨워 운동을 같이할까 싶었지만 달콤하게 자는 얼굴을 보니 차마 깨울 수가 없었다.

"잠이라도 오면 좋겠구만……."

하루 종일 몸을 혹사해도 잠은 두 시간 정도만 자면 충분했다.

처음 우려와 달리 노예의 삶은 힘들지 않았다.

오히려 할 일이 없이 시간을 때우는 것이 더욱 힘들게 만든다.

"릴리즈는 잘됐을까?"

하루에도 몇 번씩 봤지만 어제까진 딱히 변화가 없었다.

두근두근!

한데 오늘은 달랐다. 숨겨둔 곳으로 향하자 심장이 뛰기 시작한다.

"된 건가?"

최상급 포션보다 좋다는 릴리즈액이 만들어졌다는 기쁨보다 내 생각이 맞았음에서 오는 기쁨이 더 컸다.

돌을 들고 한쪽으로 기울자 새파란 물방울이 보였다.

"완성이다!"

윌리엄 아저씨가 만들었던 것과 같은 것인지, 제대로 효능이 있는지 없는지는 몰랐다. 하지만 그 당시 봤던 물방울과 같았기에 만족했다.

"그나저나 이걸 어쩐다?"

막상 만들어냈지만 보관할 곳이 없다.

고민은 잠깐이었다. 그냥 새파란 물방울을 날름 핥았다. 실험도 할 겸, 흐르는 침도 없앨 겸 먹는 게 최선이었다.

"짭짭짭!"

한 방울에 불과했기에 먹었는지 안 먹었는지도 헷갈릴 정도. 괜스레 입맛을 다진다.

"에이~ 최상급 포션보다 좋다더니……!"

막 실망하려는 찰나, 혀끝에서 상쾌한 기운이 화악 불붙는다. 그러더니 그 기운은 식도를 넘어 온몸으로 퍼졌다.

"아!"

웨이크업을 먹었을 때완 비교도 안 되게 정신이 몽롱해지며 환희가 찾아왔다.

한참을 멍하니 서서 그 느낌을 만끽했고, 그 기운은 할 일을 마친 듯 등 뒤로 나타났을 때처럼 빠르게 사라진다.

딱히 몸에 좋은 점은 모르겠지만 방금 느꼈던 환희는 계속 느끼고 싶었다.

"다음엔 몸에 상처를 내고 해봐야겠어."

자살은 못 해도, 자해는 할 수 있었다.

처음 자살을 시도했을 때가 공장에서 마법진을 그리던 일꾼이 되었을 때였다.

인간 같지 않은 생활에 염증을 느끼고 화장실로 들어가 마법진을 그리던 뾰족한 공구로 죽으려 했지만 자살은 불가능했다.

이후 목을 매려 해도, 높은 곳에서 뛰어내리려 해도, 극독을 삼키려고 해도 막상 시도하려는 순간 몸이 죽음을 거부했기 때문이었다.

다시 릴리즈액이 만들어지도록 해두고 집으로 돌아가려 할 때 초소가 있는 곳에서 내려오는 두 사람이 보였다.

아주 오래된 마법사 복장을 한 늙은 노인과 내 또래의 통통한 소년이었는데, 뒤따르는 소년의 얼굴은 도살장으로 끌려가는 소처럼 죽을상을 하고 있었다.

난 마법사 노인을 향해 고개를 숙이고 그들이 지나가길 기다렸다.

하지만 노인은 멈춰 서서—고개를 숙이고 있지만 마치 보는 것처럼 노인과 소년의 행동이 머리에 그려졌다—나에게 물었다.

"청소 팀에 있는 아이냐?"

"예. 그렇습니다."

마법사 복장을 하고 있다면 최소한 노예는 아닐 터, 최대한 정중히 대답했다.

"지금 청소 팀 아이들은 집에 있느냐?"

"예. 휴일이라 다들 잠을 자고 있습니다."

"그렇구나. 한데 넌 잠을 자지 않고 여기서 뭘 하고 있느냐?"

"잠이 오지 않아 산책을 하고 있었습니다."

"산책이라?"

말실수를 했다. 노예가 산책이라니, 노인이 의문을 가질 만한 대답이었다.

하지만 그는 별로 개의치 않는 듯했다.

"지금 내가 청소 팀으로 가고 있으니 어서 가서 아이들을 깨워서 대기하도록 해라."

"알겠습니다."

난 다시 한 번 허리를 숙이고 노인과 소년보다 앞질러 집으로 갔다.

한데 아이들은 모두 깨어 있었다.

병사 브라운이 도착해 있었기 때문이다.

"넌 어딜 다녀온 거냐?"

"잠이 오질 않아 주변을 걷고 있었습니다. 그런데 좀 전에 초소 아래쪽에서 마법사님을 뵀는데 이리로 온다고 했습니다."

"엔트 님이 오는 모양이군. 너도 한쪽에 서 있어라."

"네."

거실에 2열로 줄맞춰 서 있는 아이들은 약간 들뜬 기색이었다. 난 리브를 향해 표정으로 무슨 일이냐고 물었고 그는 조용한 목소리로 속삭였다.

"초소에서 조금 떨어진 곳에 마법사 한 분이 살고 있는데 시중들어 줄 아이를 청소 팀에서 뽑아 가거든."

"그게 좋은 일이에요?"

"좋다 뿐이냐? 거긴 천국이야, 천국. 먹을 거 걱정 없지, 잠 실컷 자지. 시중만 들고 나면 모두 자유 시간이라고."

"형이 거기 가봤어요?"

"아니, 조던이 작년까지 거기 있었어."

"그래요?"

난 조던을 봤다. 그의 얼굴은 어떤 기대감에 살짝 상기되어 있었다.

그리고 아까 그 소년이 왜 죽을상이었는지 리브의 말을 듣고 나니 대충 이해가 되었다.

"한데 이상해."

"뭐가요?"

"보통 1년 정도 같이 있는데 이번엔 4개월도 채 안 됐거든. 러스 녀석 좋은데 갔으면 눈치껏 잘할 것이지."

이야기를 들었지만 난 딱히 끌리지 않았다.

시중드는 거야 자신 있지만 지금도 남아도는 시간에 미칠 지경이다. 무엇보다도 블루 마나석을 먹을 기회가 없다는 것도 한몫했다.

마법사 엔트와 죽상을 한 러스가 들어왔다.

러스는 지옥에라도 온 사람처럼 당장에라도 울 것 같은 표정으로 아이들의 시선을 피했다.

"엔트 님, 기다리고 있었습니다."

"허허, 브라운. 이거 귀찮게 해서 미안허이."

"별말씀을요. 마음에 드는 아이를 고르십시오."

천천히 아이들을 훑어보는 엔트.

그의 눈빛을 받은 아이들은 조금이라도 잘 보이려는지 어깨를 펴거나 앞으로 손을 모았다.

하지만 엔트의 다음 말에 대부분 실망 어린 표정을 지었다.

"지난달에 새로 들어왔다는 아이들은 누군가?"

"넷은 한 발짝 앞으로 나서라."

몰린, 지온, 모리스는 앞으로 한 걸음 나갔고, 나도 역시 한 걸음 나섰다.

우리를 바라보는 엔트의 눈빛은 꽤나 매서웠다.

"앞을 보아라."

엔트의 말에 비로소 고개를 들었다. 그는 소매 부근에서 뭔가를 꺼내 찢었다.

푸악!

빛과 함께 젤리처럼 느껴지는 공기가 갑자기 요동을 치며 한 가지 모양을 만들어낸다.

전설의 생명체인 드래곤 모양을 한 공기는 방 이곳저곳을 날아다녔다.

남작가 둘째 도련님의 생일 때, 마법사가 보여주던 화려한 마법은 아니었지만 꽤나 멋진 모습임엔 틀림없었다.

"뭔가 보이는 게 있느냐?"

엔트의 질문에 정신을 차렸다. 다행히도 내 행동은 못 봤는지 몰린에게 묻고 있었다.

"아, 아뇨. 보, 보지는 못했습니다. 다만……."

"다만?"

"뭐, 뭔가가 움직인다는 느, 느낌은 받았습니다."

"알았다. 난 이 아이로 하겠네."

"……."

난 이어지는 말에 당연히 몰린이 선택된 줄 알았다. 하지만 엔트의 손가락은 나를 향하고 있었다.

"아우스는 남작가의 시동 출신이라 엔트 님을 잘 모실 겁니다."

"그런가? 허허허."

"아우스, 엔트 님을 잘 모시거라."

"…네."

"러스는 내일부터 광산 일을 시작하고."

"네… 흑!"

러스는 결국 울음을 터뜨렸다.

브라운은 그 모습에 별다른 표정 없이 엔트에게 인사를 하고 나갔고, 엔트는 가자는 손짓을 한다.

결정된 일은 우긴다고 바뀔 일이 아니었다. 하지만 당장에라도 울 것 같은 몰린을 보고 있자니 발이 쉽게 떨어지지 않는다.

"엔트 님, 청소 팀 애들과 잠깐 얘기를 하고 가도 되겠습니까?"

"헤어지는 게 아니다. 네가 원한다면 언제든지 만날 수 있다. 하지만 필요하다면 하고 나오너라."

엔트가 나가고 조던에게 정말 그럴 수 있냐고 물으려고 했지만 그는 내 시선을 피하고 있었다. 그리고 러스 또한 마찬가지였다.

내 질문은 엔트의 시동을 했던 이들에겐 역린임에 틀림없었다.

"편하게 지내면 여기 있는 사람이 생각날 리가 없지. 러스, 그만 울어! 지금까지 편하게 지낸 놈이 뭐가 슬프다고 울고 지랄이야!"

살틴의 말에 러스는 금세 울음을 그쳤다. 이제부터 청소 팀에서 지내야 하고 살틴의 눈에 거슬러서는 안 된다는 현실을 깨달은 것이다.

방 안 분위기야 어찌 되었든 이제 작별 인사를 할 차례였다.

"자주 올게요. 잘들 지내요."

같이 고생하다 혼자 편한 곳으로 가려니 마음에 걸렸다. 그러나 나라고 왜 편한 곳이 싫겠는가.

"이곳 생각하지 말고 편하게 지내."

역시 리브 형이다.

"꺼져! 너도 금방 쫓겨나 올 테니 우쭐대지 말고."

…아직까지 덜 맞은 살틴이다.

"아, 아우스, 너, 너 없으면 난 어떻게 해?"

'침이나 닦아, 이 먹보 녀석아!'

내가 주던 빵을 못 먹게 되어 안타까워하는 몰린이다.

"좋은 거 있음 같이 나눠 먹자."

이미 상황을 다 알고 있다는 듯한 목소리로 귓속말을 하는 지온이다.

엔트의 말처럼 자유롭게 오갈 수 있다면 헤어진다고 하기엔 애매했다.

하지만 그동안 꽤 정이 들었는지 쉽사리 발길이 떨어지지 않았다.

"갔다 올게요."

살틴의 말처럼 금방 쫓겨나 올 수도 있는 일이었다. 난 밝게 인사하고 밖으로 나왔다.

그리고 엔트의 뒤를 따라 숲으로 향했다.

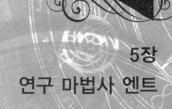

5장
연구 마법사 엔트

　청소 팀이 근무를 서는 초소를 지나 숲으로 들어갔다. 이곳부터는 노예가 돌아다니다 병사에게 걸리면 탈주로 간주되어 목이 베일 수 있는 곳이었다.

　"이 완장을 잊지 말고 차고 다녀라."

　"예. 알겠습니다."

　그가 건네준 노란색 완장이 그의 시동임을 말해주는 표시라는 걸 알았다.

　엔트의 집은 병사들이 지키는 초소와 청소 팀이 지키던 초소 중간에 위치해 있었는데 크기가 내가 있던 판잣집보다 몇 배는 커 보였다.

안은 더욱 좋았다.

거실엔 벽난로와 그 앞에 푹신해 보이는 의자가 두 개 놓여 있었고, 부엌에는 실내에서 장작 없이도 요리를 할 수 있는 마법 물품인 화염 요리기까지 있었다.

"이건 화염 요리기잖아요?"

"허허허! 그걸 바로 알아보는 건 네가 처음이구나."

"몇 시간이나 가능해요?"

"하루 4시간 30분 동안 가능한 놈이지. 하지만 이곳은 마나가 풍부한 곳이라 한꺼번에 사용하지 않으면 6시간도 가능하지."

"남작가에 있던 것보다 30분이나 늘어났군요."

난 화염 요리기를 보고 놀라 말투가 바뀌었다는 것도 몰랐다.

마법에 대해 내가 아는 건 없었지만 화염 요리기가 현대 세상에 어떤 영향을 끼쳤는지는 워낙 많은 사람에게 들어 알고 있었다.

40년 전, 무기로만 사용되던 마법이 일상으로 들어온 계기가 된 물건이었고, 본격적으로 쏟아지게 된 마법 물품의 시초가 된 것이 화염 요리기였다.

혹자는 화염 요리기가 마법사의 시대로 만든 결정적인 물건이라고도 했고, 새로운 세상을 열어준 물건이라고 극찬하기도 했다.

물론 마법 물품 공장 노동자로 끔찍한 7년을 보내게 한 물건이기도 했다.

"요리는 할 줄 아느냐?"

"요리사는 아니지만 웬만한 요리는 할 수 있습니다."

화염 요리기를 보곤 내가 너무 들떴음을 깨달았다.

"물건이 주인을 만났구나. 화염 요리기는 네가 알아서 쓰도록 해라."

"정말 그래도 되겠습니까?"

"물론이다."

엔트는 내가 해야 할 일을 간단히 설명했다.

그는 귀족답지 않다고 소문난 남작가의 둘째 아들보다 까다롭지 않았다.

일주일에 한 번 산 밑에 내려가 먹을 음식을 받아오고, 끼니때마다 간단한 음식을 차려주는 것이 내가 하는 일의 대부분인 모양이었다.

"필요한 것은 생각날 때마다 얘기해 주마. 그리고 네 방은 부엌 옆에 있는 방이다. 따라오너라."

그는 내 방으로 보이는 방문을 열었고, 그 순간 나는 살짝 인상을 썼다.

"…여깁니까?"

"마음에 들지 않느냐?"

"아, 아닙니다."

"러스 녀석이 워낙 지저분하게 써서 그렇지, 청소를 하면 괜찮을 게다."

지저분한 게 문제가 아니었다. 청소 팀의 방에 비하면 눈이 부실 지경이었다.

다만 방 안에는 몇 개의 마나석이 설치되어 있었고, 젤리 같은 공기가 가득했다. 광산보다도 더 심해서 마치 실제 물을 가르고 걷는 것 같았다.

"뭔가 이상한 게 느껴지느냐?"

"냄새가 좀 심할 뿐입니다. 청소를 해야겠습니다."

"그래라. 그리고 12시부터 6시간은 꼭 이 방에 머물러야 한다."

"알겠습니다."

엔트는 나에게 말하지 않은 뭔가가 분명 있었다. 그것이 뭔지는 몰랐지만 약간은 섬뜩한 느낌이 들었다.

"청소는 점심을 먹고 하려무나."

그가 내준 것은 부드러운 밀빵에 신선한 우유였다. 광산에 온 이후 처음으로 빵 하나를 다 먹었다.

"빵과 우유는 많으니 원하는 만큼 먹어도 좋다."

또다시 놀란 점은 보존 창고가 있다는 점이었다. 그곳에는 꽁꽁 언 고기는 물론 생선까지 들어가 있었다.

왜 아이들이 이곳이 천국이라고 했는지 알 만했다. 하지만 이유 없는 호의는 없는 법.

엔트가 노에 아이들에게 잘해주는 이유는 분명히 있을 것이다.

"아닙니다. 충분히 먹었습니다. 대신 저녁은 스테이크로 만들어도 되겠습니까?"

"허허허, 그러려무나."

엔트가 가고 본격적인 청소로 들어갔다.

먼지떨이, 빗자루, 걸레, 마른 수건, 바닥 연마제까지 청소도구는 모두 있었다.

판잣집을 청소할 때와 확실히 달랐다.

털면 터는 대로 먼지가 떨어졌고, 걸레로 몇 번 문지르면 깨끗해졌다.

내 방을 끝내고 바로 부엌을 청소했다. 부엌은 방과 달리 꽤 깨끗했는데 빵가루 정도만 바닥을 뒹굴고 있었기에 금방 끝이 났다.

"적당히 하거라."

"부산스러우면 그만두겠습니다."

"그런 의미에서 한 말이 아니다. 지금까진 온 아이들은 잠을 자기 바빴는데 넌 참 다르구나."

"그들처럼 행동하길 바라시면……."

"아니다. 너 편한 대로 하려무나. 대신 지하실은 내 말이 있기 전까진 절대로 들어가서는 안 된다."

"분부대로 하겠습니다."

거실 청소를 끝내고 엔트의 침실로 보이는 문을 열었다. 한데 침실이 아니라 서재였다.

수백 권은 넘어 보이는 책들이 양쪽 벽으로 주르륵 꽂혀 있었다.

"우와!"

구십 평생 책을 읽을 기회는 거의 없었다. 상인의 아들이되어 언어 관련 서적이나 각국의 역사와 문화에 대한 책은 많이 봤지만 마법 서적을 본 적은 손에 꼽을 정도였다.

"책에 관심이 많으냐?"

"아닙니다. 그저 책이 많이 있기에 놀랐을 뿐입니다."

드리니트 남작은 시동인 내가 책을 읽는 걸 좋아하지 않았다. 아랫사람이 머리에 든 것이 많아봐야 소용없다는 것이 귀족들의 생각이었다.

시동이 그럴 지경인데 하물며 노예는 두말할 필요도 없었다.

"난 또 책에 관심이 있으면 읽어도 된다고 말하려 했는데말이야. 그거 안타깝군."

"…정말이십니까?"

"허허허, 내가 너랑 농을 하겠느냐. 읽을 수 있다면 읽어도좋다."

"감사합니다."

엔트에겐 약간 꺼림칙한 느낌이 있었다. 하지만 그것과는 별개로 정말이지 엔트라는 사람에 대해 존경심이 느껴졌다.

내 방을 알려줄 때를 제외하곤 그의 행동과 표정은 결코 계산된 것이 아니었다.

"한데 이 방에 있는 책들은 제국 공용어 말고도 플린 왕국어, 도란스 삼국의 삼국어, 뮤트 제국어 등으로 되어 있는데 읽을 수 있겠느냐?"

"읽을 수 있는 것만 읽겠습니다."

"그러려무나. 모르는 게 있으면 식사 시간 때 물어봐도 좋다."

"어찌 감히……."

"부담스럽게 생각할 것 없다. 읽어보면 알겠지만 한 권도 제대로 읽지 못할 수도 있다. 그러니 일단 읽어보려무나."

한가한 시간만 보낼 수 있다면 설령 상인의 장부라도 꼼꼼히 볼 자신이 있었다.

서재를 청소하면서 표지에 적힌 글들을 읽어봤다.

마법진 입문, 마법진의 응용, 마법진만 잘해도 마법사 소리 듣는다, 마법진 꿰뚫어 보기 등등…….

대부분이 마법진과 관련된 서적들이었고, 왼쪽부터 오른쪽으로 깔끔하게 정리되어 있어 왼쪽부터 읽으면 될 것 같았다.

가장 두툼한 '마법진 입문'이라는 책을 뽑았다.

제국 공용어로 된 책은 처음 부분만 새까맣게 되어 있는 것이 머물렀던 아이들이 한 번씩은 읽어본 모양이었다.

한데 뒷부분은 아예 새 책이었다.

왜 엔트가 나에게 그런 말을 했는지 알 것 같았다.

서재 청소를 끝내고 엔트의 방을 청소했다.

가운데 고급스러운 침대가 있었고, 침대 옆에서 손을 뻗으면 닿을 거리에 책꽂이가 있다는 걸 제외하곤 단출하기 그지없었다.

청소를 끝내고 걸레를 빨기 위해 밖으로 나왔다. 어느새 어두워지는 하늘을 보니 곧 저녁을 준비해야 할 시간이었다.

"재미있을지도……."

지루한 일상이 반복될 거라 생각했는데 엔트와의 생활이 재미있을 것 같은 느낌이 들었다.

"참! 저녁이 스테이크이니 야채가 필요하겠지."

걸레를 빨고, 아까 오면서 봐뒀던 약초를 뽑으러 뛰기 시작했다.

*　　　*　　　*

'마법진 입문'을 읽으며 마법진의 세계에 빠져 버렸다.

거의 본 적이 없는데도 책을 읽는 데 이상하다 싶을 정도로 쉬웠고, 처음 나오는 단어도 어느 정도 이해가 되었기에 빠르게 읽을 수 있었다.

마법진은 기본적으로 마나 흡입부, 마나 저장부, 마법 발현부, 마법 응용부로 이루어져 있다.

마나 흡입부는 마나를 빨아들이는 곳, 저장부는 흡입부로 들어온 마나를 저장하는 곳, 마법 발현부는 저장된 마나를 사용해 마법이 발현되는 곳이었다.

이 세 부분이 마법진의 가장 기본이 되는 3요소였다.

그리고 마법 응용부는 기본 마법진에는 포함되지 않는 부분으로 기본 마법진의 돕는 보조 마법진이라 생각하면 되었다.

화염 요리기를 예로 들면 쉬운데, 마나 흡입부는 24시간 동안 4시간 30분의 마법 실현부인 '파이어' 마법을 사용할 수 있는 마나를 흡입하고, 마나 저장부는 이를 저장한다.

마법 응용부는 사용자가 손가락을 튕기거나, '파이어'라는 말을 했을 때 화염 요리기에 불이 나오게 만들게 하고, '소화', '꺼져' 등의 말을 했을 때 불이 꺼지게 만드는 역할을 했다.

"대단해!"

식탁에 앉아 책을 읽다 보면 화염 요리기에 대해서 몇 번이고 감탄을 하게 된다.

그전까지는 그저 생활을 바꾼 놀라운 발명품이라고 생각했는데 지금은 드래곤이 유희 중 만든 물건이 아닌가 하는 생각이 들 정도였다.

"또 그 소리냐?"

"헤헤헤! 책을 읽다 보니 또다시 놀라게 되네요."

2주일이 지나면서 엔트를 대하는 말투가 바뀌었다. 같은 식탁에서 같이 식사를 하다 보니 어느새 편해진 것이다.

"어느 부분이 말이냐?"

"다 그렇지만 특히 마나 흡입부는 아무리 생각해도 대단한 것 같아요."

"허허허, 그러냐?"

"네. 마나 흡입부의 기본형이 24시간 동안 1서클의 파이어 마법을 1시간을 사용할 수 있는 마나를 모으잖아요? 한데 어떻게 응용을 했기에 4배가 넘는 시간을 늘렸는지 모르겠어요."

"그게 수십 년간 수많은 사람이 노력해서 쌓은 기술이지."

"에구! 늙어 죽을 때까지 배워도 가능할지 모르겠네요."

"옛끼! 노인네를 앞에 두고 새파랗게 어린 녀석이 못하는 말이 없구나."

"헤헤헤! 말이 그렇다는 거죠."

"한데 책은 거기까지 읽은 것이냐?"

두꺼운 책의 펼쳐진 부분을 보곤 웃는 모습이 마치 '아직까지 이곳까지밖에 읽지 못했냐'라고 묻는 것 같았다.

"다 읽고 다시 보는 거예요."

엔트는 대장장이 조든 할아버지를 생각나게 만들었다. 손자인 날 끔찍이도 아껴주었는데 그분의 사랑에, 죄스러움에 결국 마을을 떠난 것이다.

그래서일까, 왠지 엔트 앞에선 자꾸 어려진다.

"벌써? 하면 다른 책을 보지 그러냐?"

"기초가 중요하잖아요. 그리고 이제부터 한 번 그려보려고요."

"허~! 마법진을 발동시키는 조건은 알고 있느냐?"

"네. 마나석으로 그리거나, 그린 후 마나석 가루를 뿌리거나, 마나를 주입하는 방법이 있죠."

"잘 알고 있구나. 그럼 마나석의 역할은?"

엔트는 내가 정말 책을 다 읽었는지를 확인하려는 듯 마나석에 대해 물었다.

"마나석은 마나를 가진 돌로 그대로 내버려 두면 자연 속의 마나를 흡수하고 때에 따라선 포함된 마나를 꺼내 쓸 수 있는 천연 마나 흡입부와 마나 저장부라고 할 수 있어요. 세공을 해 면적을 넓게 할수록 효율이 좋은데, 일정량 이상의 마나를 소모하면 가치를 잃게 됩니다."

난 책에서 봤던 내용을 읊었다.

마법진 입문에 그동안 블루 마나석이라고 알고 있던 것의 정식 명칭이 마정석이라는 것도 나와 있었다.

마정석은 마나가 다량 함유된 액체가 굳어서 만들어진 거의 순수에 가까운 마나로 여러 가지 방법으로 직접 몸에 흡수할 수 있어 마법사에겐 보물이나 다름없는 것도 알게 되었다.

"다 읽었다는 게 거짓이 아닌 모양이구나. 그럼 마법진을 한 번 그려보겠느냐?"

"엔트 님 앞에서요?"

"그래. 부족한 부분이 있으면 내가 가르쳐 주마."

"좋아요!"

연습을 하다가 봐달라고 부탁해 볼 생각이었다.

하지만 마법사 엔트가 부탁도 하기 전에 봐준다는데 거부할 이유는 없었다.

난 식탁에서 일어나 밖으로 나가려 했다.

"어딜 가는 거냐?"

"밖에서……."

"땅바닥에 그릴 생각이더냐? 허허허! 식탁에 앉아 있어라."

엔트는 밤마다 그가 머무는 지하실로 가더니 익숙한 나무판과 철로 된 뾰족한 펜, 그리고 나무판을 부드럽게 만드는 사포를 가지고 나온다.

"이걸 사용해 그려라. 처음에 땅바닥에 그리는 게 좋을 것 같지만 막상 나무판에 다시 그리려 하면 힘든 법이다. 아예 처음부터 나무판에 그리는 연습을 하고 나중에 바닥에 그리는 것이 더 쉽단다."

난 그가 앞에 놓아주는 나무판과 펜을 만져본다.

마법 공장에서 7년간 거의 한 몸처럼 사용했던 것들이다. 물론 엔트가 준 나무판과 펜이 더 고급이긴 했지만 크기와 무게감은 거의 일치했다.

"마나등 마법진을 그릴 생각이냐?"

"네."

마나등은 마법진의 기본 중 기본이었다.

"실패를 두려워 말고 그려보려무나."

"알겠습니다."

나무판은 세로, 가로 20센티씩으로 적은 힘에도 쉽게 마법진을 새길 수 있었다.

가장 먼저 큰 원을 그리고 그 안에 다시 두 개의 작은 원을 그리며 흡입부, 저장부, 마법 발현부가 그려질 부분을 나눴다.

난 과거로 돌아간 듯이 그리기에 집중을 했다.

마법 공장은 철저하게 분업화되어 있었다. 그래서 내가 그렸던 부분은 마법 발현부였는데 마나등은 눈을 감고도 그릴 수 있을 정도였다.

스으윽~ 스으윽~

펜은 부드럽게 테두리부터 문양과 그림, 마법 문자를 그려 나간다. 머릿속에 있는 흡입부를 옮기는 데 걸린 시간은 2분. 하지만 옛 감각이 돌아오며 저장부와 마법 발현부는 금세 완성을 시킨다.

"…예전에 그려본 적이 있느냐?"

집중을 하다 보니 옆에 있는 엔트를 전혀 신경 쓰지 못했다. 그의 표정은 도저히 믿지 못하겠다는 표정이 역력했다.

"그림 그리기를 좋아했거든요."

어설프기 짝이 없는 변명이었다.

엔트 역시 별로 믿는 얼굴이 아니었다.

"어쨌든 테스트를 해보자꾸나."

"아녜요. 이런 것에 마나를 허비할 필요는 없어요."

"그렇지 않다. 마법진에 입문한 너의 첫걸음이잖니? 가치는 충분하다."

"…감사합니다, 엔트 님."

뭔가 울컥하고 올라왔다.

따라 그린 것에 불과한 것을 엔트는 '나의 첫걸음'이라고 표현을 해준 것이다.

엔트는 소매에서 작은 주머니를 꺼내더니 나무판 위에 마나석 가루를 뿌린다.

티끌만 한 가루들이 내가 그린 마법진의 작은 홈에 들어가 채워지자 마법진이 작동했다.

찌잉!

옅은 빛과 함께 묘한 이명이 귀에 들리며 마법진의 일부가 서서히 사라져 간다.

완성된 마법진이 작동을 시작하면 사라지는 부분이 생기는데 마법진의 무분별한 복제를 방지하기 위한 방법이었다.

물론 이런 방법은 가장 기본에 속하는 것이었고, 화염 요리기 같은 제품에는 아마도 마법진을 감추기 위해 여러 가지의 다른 방법이 쓰였을 것이다.

"작동을 하는구나. 한 번의 실수도 없이 마법진을 성공시키다니, 네 재능이 참으로 대단하구나."

"……!"

엔트의 칭찬은 귀에 들리지 않았다.

지금 작동한 마법진의 마나 흡수부가 마나를 당기는 것을 느끼고 있었다.

'젤리 같은 공기가 마나였다니……!'

첫 작품이라는 말에 나도 모르게 나무판을 잡고 있었는데 마법진이 작동되며 손 주변에 있던 젤리 같은 공기가 마법진 안으로 들어서는 걸 느끼게 된 것이다.

"감격한 것이냐? 나 또한 처음 마법진이 완성되었을 때 예전에 너와 같았다. 스승님께서 그때 이런 말을 해주셨다. '무한한 마법진 세계의 동료가 생겨 기쁘구나'라고 말이다. 나 역시 네게 똑같은 말을 해주고 싶구나. 허허허허!"

어깨를 토닥여 주던 엔트는 혼자만의 시간을 주려는 듯 조용히 자신의 방으로 들어갔다.

난 그에게 감사하다는 말을 할 상태가 아니었다.

젤리 같은 공기가 '마나'임을 인식하자 지금까지 불편하다고 느껴지던 기분은 온데간데없이 사라지고 친근하고 포근한 느낌이 들었다.

그리고 마법진 안으로 들어간 마나가 어떻게 흡입되어 어떻게 저장되는지 그림처럼 머릿속에 그려졌다.

'…아!'

이날이 새로운 세계로의 첫날이었다.

매주 수요일이면 일주일간 필요한 엔트의 물건들이 도착했다.

혼자서 나르기엔 많은 양이라 초소로 근무 나오는 병사들이 같이 날라줬는데 그러면 엔트는 병사들에게 술 몇 병을 건넸다.

병사들도 그걸 바라고 함께 나르는 것이었다.

누가 볼세라 술을 품에 넣은 병사들이 가고 나면 나머지는 모두 보존 창고로 들어가는데 남는 음식들은 모두 내 차지였다.

"또 친구들에게 갖다 줄 생각이냐?"

밀빵과 우유를 데우고, 고기를 굽고 있자 엔트가 지나가다 물었다.

"보존 창고가 꽉 차서 좀 치워야 할 것 같아서요."

"네가 부지런히 먹으면 되잖느냐? 풀뿌리가 뭐가 그리 좋다고… 쯧!"

"저도 모르겠어요."

밀빵과 우유, 고기, 생선은 별로 당기지 않았다. 그래서 남는 음식은 모조리 청소 팀에게 보냈는데, 오늘이 바로 그날이었다.

어차피 내버려 두면 상할 음식이었기에 엔트는 전혀 신경 쓰지 않았다.

밤이 깊어진 후 음식을 바리바리 싸서 집을 나섰다. 초소에 이르자 초소에서 잔뜩 긴장한 목소리가 들렸다.

"누, 누구냐!"

몰린의 말 더듬는 버릇은 여전했다.

"나야."

"아, 아우스!"

초소로 올라가자 몰린은 마치 오래된 첫사랑을 만난 듯 날 반겼다.

하지만 난 그것이 내가 들고 온 음식 때문이라는 걸 잘 알고 있었다.

"어이, 살틴 형. 그만 일어나죠?"

"이… 내가 깨울 때 발로 차지 말라고 했지?"

살틴과 초소 근무 할 땐 몰린이 도맡아 했다.

요즘 때리지는 않는 것 같은데 여전히 몰린 혼자 밤을 새는 것 같았다.

아마 죽기 전엔 성격이 바뀔 인간이 아니었기에 나도 포기했다.

"그럼 그냥 자든가요."

"깨워놓고 자라면 바로 잠이 오냐!"

"재워줘요?"

"됐거든!"

내가 왜 왔는지 아는 살틴은 자리에서 일어나 앉았고, 몰린도 자리에 앉았다.

"이건 여기서 먹어. 이건 오전에 리브 형에게 갖다 줘서 나눠먹으라고 하고."

"아, 알았어."

몰린은 말이 끝나기 무섭게 한 손에 있던 음식을 받아 보자기를 풀었다.

"고, 고기다, 고기!"

몰린과 살틴은 마치 누가 많이 먹나 대결이라도 하는 듯 음식을 먹어치웠다.

"내가 준 약은 잘 먹고 있지?"

"우, 우웅."

몰린은 입안 가득 빵을 먹으며 고개를 끄덕였다.

"그따위 독약을 왜 먹어?"

살틴은 이해할 수 없다는 듯 고개를 저으며 투덜댔다.

"앞으로 음식 먹기 싫죠?"

"…매일 먹고 있다. 근데 도대체 그 약이라는 게 뭐냐?"

"알면 다쳐요."

릴리즈의 뿌리를 말리고, 릴리즈액은 만드는 건 언제 못 하게 될지 모르는 일이었기에 꾸준히 하고 있었다.

다만 마나석 가루가 거의 떨어졌다는 게 문제였다.

"갈게요. 그리고 몰린도 좀 재워요."

"반반씩 하거든! 안 그래, 덩치?"

"으, 응……."

몰린의 표정은 전혀 아니라 말한다.

"몰린의 과거를 알면 절대 지금처럼 못 할 거예요."

"왜? 이 덩치가 엄청난 살인범이라도 되냐?"

점성술을 배웠으면 대성했을 살턴이었다.

"시간 나면 물어봐요. 몰린, 잘 지내."

"아, 아우스도."

초소에서 내려와 집으로 돌아왔다. 한데 지하실에 있을 시간에 엔트가 거실의 흔들의자에 앉아 와인을 마시고 있었다.

"다녀왔느냐?"

"네, 한데 지하실에 무슨 일이 있는 건가요?"

"아니, 나의 심경에 변화가 있는 게지."

이해가 되지 않는 말이었다. 하지만 그의 표정은 그리 나빠 보이지 않았기에 고개를 숙인 후 내 방으로 들어가려 했다.

"잘 생각이냐?"

"아니에요. 책이나 읽다가 자려고요."

"허허허! 네가 나보다 낫구나. 아우스, 넌 내가 어떤 사람인지 궁금하지 않느냐?"

"제가 어찌……."

"난 귀족도 아니고, 마법사도 아니다. 그저 돈 많은 평민 노인에 불과하단다."

난 잠시 서 있다 엔트에게 다가갔다. 그는 지금 이야기를 들어줄 상대가 필요한 것 같았다.

"잠깐 앉아보겠느냐?"

"네."

"이곳에 온 지도 어느새 5년이 넘었구나. 그깟 마법사라는 세 글자가 뭐길래 시간을 허비했는지 모르겠다."

그의 말이 이해가 되지 않았다. 그러나 조용히 그의 말을 들었다.

"내 어릴 때 꿈은 마법사가 되는 것이었다. 하지만 커가면서 그것이 불가능한 꿈이라는 걸 알았단다. 마나의 친화력이 전혀 없었거든."

마법사가 되기 위해선 마나에 대한 친화력이 있어야 했다.

반드시 있어야 하는 건 아니었지만 높은 서클에 이르기 위해선 친화력이 중요했다.

나 역시도 마법사를 꿈꾼 적이 있었지만 마나 친화력이 거의 없었을뿐더러 배울 돈도 없었다.

"하지만 포기하기 싫었다. 그래서 마법과 관련된 일을 찾다 보니 마법진을 연구하는 단체가 있다는 걸 알아냈다. 나같이 마나 친화력이 없어 마법사가 되지 못한 이들이 모여 있는 곳이었다."

엔트의 얘기는 길었다.

하지만 꽤나 흥미진진한 얘기였기에 나도 모르게 그의 과거로 빠져들어 갔다.

열다섯에 마법진을 연구하는 단체에 들어간 엔트는 스승에게 마법진에 대한 교육을 받았다. 그런데 신은 공평했는지 마나 친화력이 없는 대신 마법진에 대해 놀랄 정도의 응용력과 창의력을 가지고 있었다.

엔트는 스물다섯 살 때 화염 요리기를 개발했다. 그리고 그가 화염 요리기에 사용한 마나 흡입부는 당시로서는 획기적인 것이었다.

엔트는 10년 만에 플린 왕국의 최고 부자가 되었다.

돈을 번 엔트는 진짜 마법사가 되고 싶었다.

막대한 돈을 쏟아부었다.

마법사를 고용해 마나 플로를 뚫어보려고도 했고, 마나 친화력을 생기게 하기 위해 수많은 약들을 먹었다.

그러나 20년간 그의 노력을 비웃기라도 하는 듯 그는 마법사가 되지 못했다.

"돈을 보고 달려든 사기꾼들이 셀 수도 없을 만큼 많았지. 허허허! 그때 포기를 했어야 했다. 하지만 안 되더구나. 마법사가 되고 싶다는 갈망이 날 집어삼켜 버린 게지. 가족들에게 남은 재산을 넘기고 일부를 들고 세상을 떠돌기 시작했다."

"가족이 있으세요?"

"떠날 때 태어난 지 얼마 되지 않은 손주도 있었다. 이제 네 또래 정도 되었을 텐데… 허허허!"

평소 엔트의 마음씨 좋은 웃음이 오늘은 아파 보인다. 난 재빨리 화제를 원래대로 돌리기 위해 질문을 했다.

"세상을 돌면서 방법을 찾으셨어요?"

"실패했으니 이러고 있는 것 아니겠느냐. 대신 두 가지의 정보를 얻었다."

"두 가지요?"

"그래. 한 가지는 마나지(池)에 관한 얘기였고, 다른 하나는… 타인의 마나 친화력을 나눌 수 있는 마법진이었다."

"마나 연못이요?"

"전설에 불과한 얘기지. 마나지의 물을 마시면 단숨에 최고의 마나 친화력을 가지는 것은 물론이고 엄청난 마나를 몸에 받아들여 대마도사에 이를 수 있다는 얘기다. 하지만 마나지가 마나 광산에 있다 한들 이 넓은 산의 어디에 있는 줄 알겠느냐? 또한 마나 광산이라고 반드시 있으라는 법도 없거든."

"그렇다면 마정석을 녹여서 먹으면 되는 거 아닌가요?"

"정확히는 나도 모른단다. 다만 그것과는 다르다고 책에 나와 있더구나."

엔트의 말을 들으니 심장이 거세게 뛰기 시작한다. 왠지 그 위치를 알 것만 같았다.

"허황된 얘기임에도 난 결국 이곳으로 왔다. 혹시나 마나지를 발견할 수 있을까 하는 요행을 바라고 말이다. 그와 함께… 미안하구나, 아우스."

"왜 제게 사과를……."

"난 네가 가진 마나 친화력을 뺏으려 했단다. 성공은 못 했지만 너와 아이들에게 사과를 하고 싶었다."

"아니에요. 사실 노예에게 마나 친화력이 무슨 소용 있겠어요? 설령 엔트 님이 가져가셨다고 해도 맛있는 음식을 먹고 편하게 지낸 걸로 만족할 거예요."

"그렇게 말해주니 고맙구나."

오래 산 것으로 따지자면 내가 엔트보다 오래 살았다. 하지만 스무 살을 넘기지 못하고 어린아이로서의 삶이 길었다.

그래서일까? 언제 죽을지 모르는 나이에도 마법사가 되고 싶은 욕망이 생길까 싶었다.

"한데 마나 친화력의 정도는 어떻게 측정하는 건가요?"

난 나의 마나 친화력이 어느 정도인지 궁금했다.

10번의 삶 중에서 마나를 느낀 적은 두 번.

남작의 미친 아들이 되었을 때와 아우스인 지금이다. 남작의 미친 아들일 때와 비교하면 한참 못 미치지만 그래도 괜찮은 수준이 아닐까 생각해 본다.

"글쎄다. 나도 말로만 들은 것이라 잘은 모르겠구나. 지난번 내가 너희 앞에서 종이를 찢을 때가 기억나느냐?"

"네."

"그게 종이가 마나 친화력을 알아보는 스크롤이었다. 그때 이상함을 느낀 사람은 그 덩치 큰 아이와 너뿐이었지. 넌 그때 무엇을 보았느냐?"

"전설의 드래곤을 보았어요."

"드, 드래곤을 보았다고? 정녕 드래곤이더냐?"

엔트는 깜짝 놀란 눈으로 말까지 더듬으며 묻는다.

"네, 분명 드래곤이었어요."

"호, 혹시 색깔은 기억나느냐?"

"색깔이요? 그저 주변에 있는 마나가 뭉쳐져 보였을 뿐이에요."

"허… 혹시 지금도 마나가 느껴지느냐?"

엔트의 태도에 '아차!' 싶었다. 하지만 엔트 정도라면 말을 해도 괜찮을 것 같았다.

'잘못되면 사람을 잘못 본 내 탓이겠지.'

"마치 젤리 같은 마나가 느껴져요."

"잠깐만 기다리거라."

엔트는 지하실로 급하게 내려간다.

그리고 올라오는 그의 손엔 파란색의 종이가 들려 있었다.

"다시 한 번 보고 자세히 말해보아라."

푸악!

대답을 하기도 전에 엔트는 종이를 찢었다.

젤리 같은 공기를 마나로 인식해서인지 드래곤은 더욱 선명해졌다.

하지만 색깔은 없었고 그저 투명했다.

"여전히 투명하네요."

난 손으로 드래곤을 잡으려 했지만 손을 통과하며 여유롭게 날아다니다 사라졌다.

"허허허, 넌 마나의 축복을 받은 아이였구나."

"마나의 축복요?"

"그래. 마나 친화력이 일정 수준 이상인 아이들을 그렇게 부른단다. 하지만 네 경우는 그 말로도 부족하구나. 마나가 마치 젤리처럼 느껴진다는 말은 나 역시 처음 듣는 말이다."

"느낌이 그렇다는 거예요."

"그것 말고도 드래곤이 투명하게 보인다고 했지?"

"네."

"붉은색을 본다면 화염 계열, 파란색은 수빙 계열, 하얀색은 뇌전 계열, 검은색은 정신 계열, 녹색은 대지 계열, 금색은 바람 계열의 마법을 배우면 더 높은 성취를 얻을 수 있다고 했다."

"투명은요?"

"모든 것이 가능하지."

"우와! 최고네요?"

엔트의 말에 따르면 좋은 능력은 모두 가진 셈이다. 난 절로 감탄의 말이 나왔다.

"허허허! 꼭 그렇지만은 않다. 내가 본 마법사들 중 무색의 능력을 가진 이들을 보았지만 한 가지만 특화된 마법사보다 강하다고는 말할 수 없었다."

"크~ 좋다가 말았네요."

"그래도 선택할 수 있는 경우의 수가 많다는 장점이 있지 않느냐?"

"그것도 그러네요."

기분은 좋았다. 그러나 단지 그뿐이었다. 난 노예이고, 스무 살이면 또 몸을 갈아타든지 죽을 것이기 때문이다.

"왜 그런 표정을 짓느냐?"

"제 현실을 잘 알고 있어서랄까요?"

"노예임을 걱정하는 거라면 그럴 필요가 없다. 당장 산 밑으로 내려가 마법사에게 너의 상태를 말한다면 제자로 받아줄 사람이 있을 것이다. 또한 네가 원한다면 널 노예에서 풀어줄 수도 있다."

"정말이요?!"

순간 기뻤지만 곧 차분해졌다.

노예에 벗어나면 뭘 하지?

마법사가 될 수도 있을 것이고, 여기 생활보단 더 나은 삶을 살 수도 있을 것이다.

하지만 그뿐이다.

처음엔 노예로서의 삶이 싫었지만 지금이라면 그럭저럭 살 만했다.

스무 살까지밖에 살지 못한다는 생각의 벽이 날 허무주의자로 만들었나 보다.

"헤헤! 말 못 할 사정이 있어서요."

"도대체 무슨 사정이기에……."

"엔트 님, 그러지 마시고 제가 가진 마나 친화력을 가져가시는 게 어떠시겠어요? 전 지금은 그저 책만 많이 읽게 해주시면 그것으로 만족해요."

머릿속에 든 것은 죽더라도 옮겨간다.

만일 내가 무한으로 갈아타기가 가능하다면 언젠가는 내 몸에 일어나는 일을 밝힐 수 있을 것이다.

나에겐 이게 더 현실적인 선택이었다.

엔트는 생각지도 못한 내 제안에 그저 멍하니 눈만 깜빡거릴 뿐이었다.

6장

마법사가 되다

엔트는 내 제안을 받아들였다.

그리고 미안했는지 본격적으로 마법진을 가르쳐 주기로 했다. 나로서는 마법진의 재미에 빠졌기에 기쁘게 받아들였다.

"조심하거라. 책장에는 텔레포트 마법진이 있다."

엔트는 지하실을 나에게 보여주었다.

넓은 공터의 가운데 커다란 마법진이 그려져 있었고, 양옆으로 있는 책장에는 책이 빽빽하게 꽂혀 있었다. 또한 내 방 밑으로 추정되는 천장에는 여러 개의 마나석이 마법진 사이사이에 끼워져 있었고, 그 마법진은 바닥에 그려진 중앙 마법진과 연결되어 있었다.

그 외에도 빈틈마다 마법진이 그려져 있었는데 지하실의 마나는 마치 폭풍이라도 만난 듯 엉망진창으로 움직이고 있었다.

"설마 이곳에서 같이 수련하자는 말씀은 아니시죠?"

"왜, 뭔가 이상하냐?"

"마나가 미친 듯이 움직이고 있어요. 마법에 대해 모르지만 이런 곳에서 제대로 될 거라곤 생각하지 않아요."

"허! 그 때문에 지금까지 실패한 건가?"

모를 일이다. 하지만 내가 느끼기엔 아주 근거가 없진 않아 보였다.

"이건 뭐예요?"

"마나 집적진이다. 보통 마법사들이 마나 수련을 할 때 사용하는데 마나 친화력이 없는 사람들이 서클을 만들 때 사용하기도 한단다."

"멈출 수 있나요?"

"잠깐만 기다려라."

엔트는 소매에서 주섬주섬 펜 같은 걸 빼낸다.

마법사는 아니지만 하는 양은 마법사와 다를 바가 없었다.

그 모습에 빙긋 웃음이 나왔다.

마나 집적진이 있는 옆 바닥에 작은 원을 그린 엔트는 빠르게 마법진을 그려 나갔다.

"마나석인가요?"

"그래. 마법진을 그릴 때 가장 좋은 방법이지. 잘 지켜보도록 해라."

마나석으로 만든 펜이 바닥을 파면서 마법진을 그리는 건 아니었다. 다만 돌에 약간의 흔적만 남길 뿐이었다.

하지만 마법진이 완성되었을 때 번쩍 빛을 내며 마법진이 공중에 그려졌고, 마법진은 필요한 마나를 펜에서 빨아갔다.

"이제 연결만 하면 된다."

"연결은 마나 저장부와 하나요?"

"그렇단다. 그런데 가장 조심해야 할 부분이 마나 흡입부를 망쳐서는 안 된다."

언뜻 그의 말이 이해가 되지 않았다. 그림이므로 마나 흡입부를 지나지 않고 마나 저장부와 연결할 방법이 없어 보였다.

"아!"

"이해가 되었느냐?"

"마나 흡입부를 만들 때 미리 마법 응용부가 마나 저장부로 연결될 통로를 만들어둬야 하는군요?"

쉽게 말해 추후 추가될지도 모르는 마법을 위해 마법진에 여분의 공간을 남겨둔다는 말이었다.

"허허! 이해가 빠르구나. 맞다. 지난번에 내가 만든 마나등은 마법 응용부를 연결하려면 새로 만드는 것보다 힘들단다."

"보통 통로는 몇 개를 만들어둬야 하나요?"

"마법진마다 다르지. 난 귀찮긴 해도 4개 정도는 만들어둔

단다. 화염 요리기같이 팔 물건을 만들 땐 나중을 위해 하나 정도 더 만들어두는 게 일반적이지."

말을 하면서도 그의 펜은 멈추지 않았다.

"다 됐다! 멈춰!"

웅우우우우~

마법진이 힘을 잃자 빨려오던 주변의 마나가 자연 그대로 흘렀다.

하지만 이게 끝이 아니었다. 지하실에 처리해야 할 마법진은 아직 여러 개였다.

"다음은 어떤 걸 하면 되느냐?"

"저기요."

엔트의 펜이 움직일 때마다 가장 가운데 있는 마법진을 제외하곤 하나씩 잠들어간다.

"이젠 다 됐느냐?"

"네. 이제 좀 괜찮아졌네요. 그럼 본격적인 일을 해볼까요?"

그렇다. 아직 일은 시작도 되지 않았다. 1층의 내 방과 연결된 마법진을 중앙 마법진 옆으로 옮겨야 했다.

"아우스, 잠깐 쉬었다 하자꾸나."

"힘드세요?"

"나이가 나이다 보니 힘들구나."

엔트의 나이는 올해 65세.

내가 그 나이가 되어보질 않아서 모르겠지만 해도 너무한 체력이다.

이런 상태에서 설령 마법사가 된다고 해도 말만 마법사지, 나한테도 상대가 되질 못할 것이다.

"엔트 님, 마법사가 되면 체력이 좋아진다든가, 힘이 강해진다든가 하는 일이 있나요?"

"없다. 단지 마나를 받아들임으로써 아주 약간 좋아지긴 하지만 저서클에서는 그런 일이 없고, 7서클부터 몸이 재구성된다고 하더구나."

"그럼, 마법과 체력은 상관관계가 없는 건가요?"

"천 년 전까지만 하더라도 그랬다고 하더구나. 그 당시 마법사들은 실험실과 수련실에서 마법만 연구하다 보니 체력이 약한 경우가 많았다. 하지만 '피트 혼 앤티시아'라는 9서클 마법사가 나타나면서 마법은 새로운 패러다임으로 바뀌었다."

엔트는 아는 것이 참으로 많았다. 질문을 한 의도와 약간 빗나간 이야기였지만 흥미진진한 얘기였기에 귀를 기울였다.

"가장 크게 바뀐 것이 심장이 아닌 명치인 중단전에 마나를 모으는 게 됐지. 그 때문에 수백 년간 말들이 많았지만 중단전에 마나를 모으는 것이 더 효율적이고 더 안정적이라는 연구가 속속 나오며 그때부터 중단전이 마나홀이 되었지."

"중단전? 중단전이 체력과 연관이 있었나요?"

"아니다."

"그럼요?"

"피트 혼 앤티시아가 홀연히 사라지고 500년 뒤 그를 추종하던 새로운 8서클 마법사 갈린 혼 앤티시아가 나타나며 세상은 다시 한 번 피트의 마법에 관심을 가지게 되었다."

"그가 혹시 피트 혼 앤티시아의 후예였던가요?"

"아니, 그를 존경해서 앤티시아라는 성을 쓴 것뿐이었다."

"그럼, 8서클 마법사가 나타난 것이 왜……?"

내가 아무리 마법에 대해 무지하다고 해도 마탑의 탑주가 8서클이라는 것은 알고 있었다. 그리고 그런 마탑주가 발칸 제국에만 10명이 있었다.

"당시는 지금과 달랐단다. 6서클이 최고인 시대였으니까. 그마저도 한두 명에 불과했지."

"그랬군요… 그래서요?"

"그는 본래 기사 출신으로 우연히 피트의 마법책을 발견해 늦은 나이에 마법사의 길을 걷기 시작했다. 한데 누구보다도 빨리 8서클에 이르렀으니 당시의 마법사들이 피트의 마법에 관심을 가질 수밖에."

"이유가 뭐였나요?"

"바로 하단전이 열려 있었던 게지."

"하단전이요?"

"하단전은 배꼽 밑에 있는 것으로 기사들이 사용하는 마나홀이다. 하지만 갈린이 나타나면서 두 개가 조화를 이루어야 더 빨리 고서클로 올라갈 수 있다는 걸 사람들도 알게 되었다."

설명은 길었다.

그의 말에 따르면 기사의 시대가 저물게 된 건 결국 마법사가 기사의 마나홀인 하단전과 마법의 마나홀인 중단전 두 개를 다 중요시하게 되면서 기사들이 설 자리를 잃게 되었다는 얘기였다.

즉, 이 말은 곧 마법사가 되기 위해선 체력이 필수라는 말과 같았다.

"그렇군요. 하면 엔트 님은 마법사가 되기 위해선 체력이 너무 없다고 생각하지 않으세요?"

"허허허. 나야 그저 마나를 느끼고 싶을 뿐이다. 1서클이라도 만족한단다."

"1서클에 오르기 위해서라도 건강해져야 해요. 그리고 마나 친화력을 얻기 위해서라도 체력을 키워야 한다고 생각해요."

"음… 듣고 보니 그런 것 같구나."

"분명히 그럴 거예요."

마나가 체력에 어떤 영향을 미치는지 나는 잘 알고 있었다.

운동을 할 때마다 소모된 에너지를 숨 쉴 때 들어온 마나가 대신하며 나에게 무한한 체력을 준 것이다.

이왕 돕기로 한 거 엔트가 힘없이 죽게 둘 순 없었다. 최소한 내가 이곳에 있는 책을 모두 읽을 때까진 살아 있어야 했다.

"제게 좋은 약이 있는데 드셔보시겠어요?"

"무슨 약이냐?"

"몸에 있는 독소를 제거해 깨끗하게 만들고, 무병장수하게 만드는 약이에요."

"네가 그런 약을 가지고 있다고? 음, 글쎄다. 그런 약은 젊은 시절 많이 먹어봤다. 하지만 대부분 사기였다."

"제가 감히 엔트 님에게 사기를 치겠어요? 저도 매일 먹는 걸요. 아마 저의 마나 친화력은 약의 도움이 없다면 불가능했을 거예요."

"그러냐?"

약에 좋지 않은 기억이 있는지 완곡하게 싫다고 말하던 엔트는 마나 친화력이라는 말에 결국 넘어왔다.

그리고 이날 엔트는 릴리즈의 뿌리 가루를 먹고 화장실을 왔다 갔다 반복했다.

＊　　　＊　　　＊

릴리즈 뿌리 가루를 먹고 몰린은 3~4일 동안, 살틴은 일주일 동안 고생을 했었다. 한데 엔트는 일주일이 넘어도 도통 나을 줄 몰랐다.

나에게 화가 날 법도 한데 미안함에 몸 둘 바를 몰라 하는 날 위해 웃어 보이는 모습이 안타까워 모아뒀던 릴리즈액을 먹이기도 했다.

하지만 릴리즈액은 그때뿐이었다.

다시 뿌리 가루를 먹으면 어김없이 화장실에서 살다시피 했다.

엔트가 차도를 보인 건 뿌리 가루를 복용한 지 3주가 넘으면서부터였다.

"산책 다녀오마."

"너무 무리하지 마세요."

"이젠 괜찮다. 마치 10년은 젊어진 것 같구나. 네 말이 맞았다. 마법사가 되려는 욕심에 정작 중요한 것을 잊고 있었구나."

건강해졌는지 모르지만 얼굴이 반쪽이 된 엔트를 보니 마음이 짠하다.

아무리 건강에 좋은 약이라도 나이 든 노인에게는 독이 될 수 있다는 걸 깨달았다.

그나저나 마나석 가루와 먹고 싶을 걸 참아가며 한 방울씩 모았던 릴리즈액이 떨어졌다.

물론 엔트에게 말한다면 마나석 가루는 얻을 수 있고, 릴리즈액은 그저 식욕만 참으면 되는 일이다.

하지만 릴리즈액이 들어 있던 빈 병과 마나석 가루가 있던 빈 주머니를 보고 왠지 허전했다.

어느새 모으는 재미에 푹 빠진 것이다.

"옳지! 그렇게 해봐야겠다."

괜찮은 생각이 났다.

엔트의 허락과 도움이 필요한 일이었지만 딱히 거절할 것 같진 않았다.

난 바로 실행에 옮기기 위해 집을 나섰다.

쓰러진 나무 중 썩지 않은 나무를 적당히 자르고 굵은 대나무를 잘라 반으로 가른다.

한참 툭탁거리며 만드는데 산책 겸 운동을 마치고 들어오던 엔트가 물었다.

"무얼 하는 게냐?"

"날씨가 점점 더워져 야외에 식탁을 마련하려고요."

"나쁘지 않은 생각이구나."

"참, 엔트 님 고생하는 병사들을 식사 시간에 간혹 초대해도 될까요?"

"예전엔 그들과 술을 마시기도 했었는데… 나야 상관없다."

엔트는 생각보다 쉽게 허락을 했다.

식탁을 만드는 일은 다음 날이 되어서야 끝이 났다. 그리고 주변의 돌들을 주워 식탁 주변에 박기 시작했다.

적당히 박은 후, 난 병사들이 근무를 위해 오가는 길에서 돌을 주워놓고 그들을 기다렸다.

'온다!'

등을 보이고 적당한 크기의 돌을 주웠다.

"아우스, 뭐 하냐?"

"아, 메룬 님, 존스 님, 안녕하세요?"

초소 근무를 서는 병사들은 대부분 엔트의 물건을 나를 때

본 사람들이었다.

"엔트 님 집 마당에 야외 식탁을 만들었거든요. 그래서 바닥에 깔 돌을 찾고 있어요."

"쯧쯧, 고생하네."

"근무는 언제 끝나세요?"

"그건 왜?"

"야외 식탁을 만들었으니 식사 한번 대접해 드려야죠."

"오! 기특한 생각을 했네. 순환 근무라 6시간 정도 걸릴 거야."

"낮 근무의 마지막이시네요?"

"그렇지. 밤엔 여섯이서 밤새 보니까."

"그럼 좋아하시는 거 준비해 두고 기다리고 있을게요."

"크하하하! 그놈 참 마음에 든다니까."

내가 손으로 술 마시는 흉내를 내며 말하자 두 사람은 무척이나 좋아한다.

"그나저나 저쪽 산엔 돌이 많은데, 여긴 도통 없네요."

"왜 없어? 저기 밑에 많잖아?"

저녁에 먹을 술을 생각해서인지 메룬이 내가 원하는 답을 해줬다.

그곳은 광산에서 나오는 돌을 버리는 곳이었다. 광산이 있는 곳에서 깎아지는 절벽이었지만 이쪽 산에선 충분히 내려갈 수 있었다.

"저긴 제가 못 들어가는 곳이잖아요?"

"탈주할 생각 없지?"

"당연하죠! 전 몬스터 밥이 될 생각은 절대 없어요."

"설령 생각이 있다 해도 저 아래쪽으로는 어차피 도망갈 곳도 없으니 괜찮아. 떨어지는 돌만 조심해."

"물론이죠! 그럼 저기 돌 사용해도 되는 거죠?"

"그래. 다른 병사들에게도 말해둘 테니까 마음껏 가져다 써라."

"멋지게 꾸미면 다른 병사님들도 모두 초대해야겠네요."

"그럼 다른 녀석들도 좋아할 테지."

초소로 가는 두 병사의 뒷모습을 보며 쾌재를 불렀다. 그리고 재빨리 준비해 둔 자루를 들고 아래로 내려갔다.

오랫동안 쌓인 돌은 작은 동산을 이룰 정도였다.

"대박!"

쓸모없는 돌들이 천배는 많았지만, 그래도 마나석에 민감한 나에겐 보물 창고나 다름없었다.

마나석뿐 아니라 마정석도 있는지 심장이 심하게 두근댔다.

정신없이 담다 보니 어느새 자루는 가득 찼다.

"킥킥킥!"

괜스레 웃음이 나왔다. 그리고 무거운지도 모르고 자루를 들고 집으로 향했다.

공구가 없을 땐 마나석을 돌에 긁어 마나석 가루를 만들었다.

하지만 지금은 작은 마나석도 공구를 사용해 떼어낼 수 있었고, 망치로 곱게 갈아 거의 순수한 마나석 가루를 만들 수 있었다.

자루에 담긴 돌을 반도 처리하지 못했는데 날은 어두워지고 있었다.

"어느새 시간이… 얼른 저녁을 준비해야겠군."

빵과 우유, 야채와 근처에서 발견한 과일까지 준비해 두고 고기 구울 준비까지 마쳤을 때 메룬과 존스가 도착했다.

"엔트 님, 저희 왔습니다."

나에게 손을 흔들며 인사를 한 그들은 엔트에게 자신들이 왔음을 알렸다.

"허허허! 어서 오게."

"아이고! 어디 아프세요? 살이 많이 빠지셨어요."

"건강을 되찾은 거지."

"그렇다면 다행이네요, 하하하!"

"자, 아우스가 고기를 가져올 동안 한잔하세나."

"좋습죠, 크하하하!"

내가 고기를 굽는 동안 세 사람은 와인을 마시며 웃고 떠든다.

이곳에 처음 왔을 때 몬스터가 올까 봐 조용히 말하라고 했던 리브의 말은 병사들이 겁을 주기 위해 한 말이었다는 걸 알았다.

병사들의 말에 따르면 아주 간혹 길 잃은 몬스터를 제외하고는 뮤트 제국 방향으로 두 개의 산을 더 넘어야만 나온다고 했다.

"요즘 같은 날씨엔 시원한 맥주가 딱인데 말입니다."

"허허허, 다음엔 맥주를 보내라고 해야겠어."

"그럴 필요까진 있겠습니까?"

"자네가 말을 꺼내니 나도 시원한 맥주가 먹고 싶어서 그런 거네. 다음엔 맥주로 한잔하세."

"아이고, 아니에요. 곧 이 지긋지긋한 근무도 끝인 걸요. 도시로 가면 그때 실컷 마실 수 있습니다."

얌전히 듣고만 있던 난 귀가 번쩍 뜨였다.

"근무가 곧 끝이라니 무슨 말씀이세요?"

"메룬의 말처럼 곧은 아니고, 11월에 이곳 책임자가 새로 바뀌거든. 그때 부대도 모두 바뀔 거야."

"베르딘 남작님이 6서클에 이른 모양이군."

"맞습니다."

"젊은 나이에 대단하군."

엔트의 목소리엔 부러움으로 가득했다.

"새로 오신다는 분은 어떤 분이시죠?"

"글쎄다, 우리가 그것까지 모르지."

책임자가 바뀐다는 얘기는 금세 끝났다.

왠지 느낌이 좋지 않았다. 그러나 엔트의 집에 왔을 때도 비슷한 느낌이 들었지만 아무것도 아니었다는 걸 생각해 내곤 머릿속에서 지웠다.

두 병사가 기분 좋게 간 후, 청소와 설거지를 마치고 안으로 들어가자 엔트가 기다리고 있었다.

"내일부터 실험을 해보는 게 어떻겠느냐?"

"전 언제든지 좋아요."

"그래. 몸이 좋아지니 왠지 느낌이 좋구나. 한데 정말 너의 친화력을 나에게 나눠줘도 괜찮겠느냐?"

"헤헤! 물론이죠. 오늘은 푹 쉬세요."

"그러마. 너도 너무 무리 말고 쉬어라."

나눈다고 했지만 만일 친화력을 모두 뺏기게 되면 마나석을 찾는 데 어려울 거라 생각해서 약간 후회하기도 했었다.

하지만 엔트가 아플 동안 지하실의 책을 읽으며 친화력이 있다고 마나석을 찾을 수 있는 건 아니라는 걸 알게 되었다.

아우스의 타고난 능력이라는 생각에 더 이상 걸리는 것은 없었다.

자기엔 이른 시간이라 지하실로 내려가 읽을 책을 골랐다. 책을 읽는 건 이제 습관이 되었다.

새벽같이 일어나 운동을 하다 아침을 먹고 난 뒤부터 책을 읽었다. 식사 시간을 제외하곤 거의 대부분의 시간은 마법진과 관련된 책을 읽는다고 보면 됐다.

그리고 엔트가 잠들면 지하실로 내려와 여러 장르의 책 중 마음에 드는 걸 읽었다. 그중 가장 마음에 드는 건 피트 혼 앤티시아의 야사를 적은 책이었다.

책은 피트에 대해 이렇게 말하고 있었다.

역사상 가장 천재적이고 위대한 마법사

물론 책의 내용으로만 본다면 피트는 인간이 아니었다.

전설의 드래곤이 인간 세상에 유희를 나와 마법을 발전시켰다는 옛 이야기의 주인공 같은 인물이었다.

마법은 9서클을 이루었고, 연금술은 새로운 생명체를 만들 정도였다. 또한 마법진은 책이 만들어진 400년 전보다 천 년이 앞선다고 되어 있었다.

"개뻥! 정말 드래곤이라면 모를까, 인간이 이럴 수는 없지."

책을 읽으면서 내가 한 말이었다.

하지만 어떤 책보다 단연코 재미있었다. 특히 그가 참여했던 무수한 전투에 관한 설명은 가슴을 뛰게 만들 정도로 저자의 필력은 좋았다.

"이제 얼마 남지 않았군."

귀한 책이라 조심히 넘기며 어제 마지막으로 읽은 부분을 찾는다. 이제 몇 장 남지 않았다.

"여기다! 발칸 제국의 캐넌 지방에서 일어난 마지막 전투에 관한 얘기군."

글을 읽기 시작하자 머릿속은 금세 천 년 전으로 타임 슬립을 했다.

발칸 제국의 초기, 3대 황제가 갑작스럽게 서거하자 다섯 명의 황자는 각자의 명분을 내세우며 황제 자리를 탐했다.

나, 피트 혼 앤티시아는 인연이 있는 3황자의 편에 섰다.

전쟁이 시작된 지 3년, 마지막 남은 1황자와 4황자와의 일전을 남겨두고 있다.

제국의 최대 곡창지대인 캐넌 평야에서 대회전을 벌이기 전날 3황자는 나를 불렀다.

"피트, 내일이 마지막이구나."

"그랬으면 좋겠다, 제론."

제론은 황제가 된다는 생각에 살짝 들떠 있었다.

"가장 힘이 없었던 내가 이 자리까지 올 수 있었던 건 모두 네 덕분이다."

"글쎄, 내가 생각하기엔 너 때문이라고 생각해. 난 죽이는 힘을 가졌지만 넌 살리는 힘을 가졌거든."

"무슨 소리야. 네가 없었다면 내가 황제가 될 가능성은 절대 불가능……."

"그만하자. 서로의 얼굴에 금칠을 하는 건 1절로 충분해."

"하하하! 그런가? 피트……."

"그런 식으로 부르지 마. 넌 항상 부탁할 일이 있으면 그런 말투더라."

"이거 들켰군. 하긴 9서클 대마도사를 속일 순 없겠지. 이번 전쟁이 끝나면 내 곁에 있어줄 거지?"

"미안."

"그렇게 단번에 거절하지 마! 나 상처받는다고."

내일이 전쟁의 끝이며, 제론과의 인연의 끝이다. 반드시 해야 할 일이 있지만 과연 내가 그 시간을 기다릴 수 있을지 의문이다.

"미나 때문인가?"

"응. 마지막을 함께하기로 했거든."

"너의 힘으로도 불가능한가?"

"신은 내게 신의 힘까진 허락하지 않았어."

제론의 얼굴은 순간 날 전쟁으로 끌어들였다는 미안함으로 가득하다.

"네 잘못이 아냐. 내가 원한 것이었어. 그리고 내 부탁을 들어줄 사람은 너뿐이잖아. 다른 황자들은 이해를 못 하니까."

"시대를 잘못 타고 태어났다는 것 말인가? 걱정 마. 너와의 약속은 반드시 지키지."

"알아. 난 제론 자네를 믿거든."

"이런 얘긴 그만하지. 자네가 좋아하는 술을 준비했는데… 내일 마실 건가?"

"하하하! 술자리를 미루는 건 좋은 술에 대한 예의가 아니지. 지금 마시자고."

우리 둘은 처음 만났을 때를 얘기하며 즐거운 시간을 보냈다.

"내일을 위해서 오늘은 이만해야겠어."

"아쉽지만 그래야겠어. 총사령관이 얼굴이 벌게진 채 나서선 안 되겠지. 근데 내일은 어떻게 할 텐가?"

"마법사들만 내가 맡지."

"이번에도 자네 혼자 끝내진 말게나. 그럼 형님과 동생이 패배를 인정하지 않을지도 모르니 말일세."

"내일은 3서클로 묶어놓고 할 생각이네."

"3서클? 농담 말게. 아무리 자네라도 그 상태에선 두 진영의 마법사를 상대할 수가 있다고 생각하나?"

"3서클로도 충분하다는 걸 보여줄 사람이 필요해서 말이야."

"보여줄 사람?"

"있네. 삶을 포기하고 있는 멍청한 놈에게 말이야."

"삶을 포기하다니, 정말 멍청한 놈이군."

……

대회전은 특이한 방법으로 진행되었다. 3서클 마법만 사용하겠다는 피트의 말에 한쪽으로는 기사들과 병사들의 전쟁이, 다른 한쪽에서는 피트와 마법사들의 전쟁이 벌어졌다.

수많은 마법이 피트 한 명에게 쏟아졌다.

당장에라도 피트가 죽을 것 같은 상황.

하지만 피트는 마법을 봉인했다고 하지만 어떤 기사보다도 강하고, 빨랐다. 어떤 마법도 그를 명중시키지 못했다. 그리고 그의 손에선 약속대로 3서클 마법만이 펼쳐졌다.

하지만 9서클 마법사가 3서클 마법만 쓴다고 약속을 지켰다고 할 수 있을까?

그의 두 손에선 끊임없는 마법으로 상대 진영 마법사들의 마법을 공중에서 무력화시키며 불꽃놀이를 만들어냈다.

팽팽하던 상황.

그림처럼 그의 치켜든 두 손이 합쳐지는 게 보였다.

꾸아아아아앙!

"저, 저게 3서클 마법이란 말인가?"

전장을 굽어보던 3황자 전하께서는 갑작스러운 폭발음에 놀라 소리쳤다.

황자님의 일거수일투족을 기록해야 하는 사관인 난 재빨리 책에 황자님의 말을 적었다. 하지만 눈은 피트가 싸우는 곳을 향했다.

폭음과 먼지가 가라앉은 그곳은 3서클 마법이라곤 믿어지지 않는 엄청난 폐허가 펼쳐져 있었다. 전쟁터를 따라다니며 그의 마법을 많이 본 나로서는 최소한 6서클 마법으로 보였다.

아니나 다를까, 다른 마법사들은 싸움을 멈추고 피트에게 뭔가를 따지는 것 같다. 그 모습이 옆쪽의 기사들의 피비린내 나는 전쟁터와 비교하면 참으로 이질적으로 보였다.

그것도 잠시. 피트의 두 손이 합쳐지지 않고 하늘을 향했다.

한 손에는 파이어볼이 다른 한 손은… 너무 멀어 보이지 않았다.

아무튼 두 개의 마법이 하늘로 향해 가다 부딪혔다.

푸하하하하학!

아까완 위력이 많이 달랐지만 효과는 비슷했다. 하늘이 온통 불바다처럼 변했다. 3서클의 마법이 저런 위력을 보이다니…….

궁금증은 전쟁이 끝난 후, 황자님과 피트의 대화를 듣게 된다면 알게 될 것이다.

왠지 그 비밀을 들을 생각을 하니 내 가슴이 두근거린다.

전쟁은 끝났다.

하지만 피트는 사라졌다. 황자님은 그럴 줄 알았다는 듯 아무 말씀도 없었다.

궁금하다.

그 마법의 비밀이 무엇인지…….

그리고 어제 저녁 말한 '삶을 포기하고 있는 멍청이'가 그 장면을 봤을까?

책의 마지막 줄을 읽자 현실로 돌아왔다.

천 년 제국의 기틀을 마련한 제론 황제의 사관이 죽기 전 썼던 일기의 일부에서 발췌했다는 글이 마지막에 보였지만 책을 거칠게 덮었다.

"왠지 기분이 나빠."

서커스단에 있을 때 연극을 하다 보면 관객들이 연극을 자신의 상황에 비추어 몰입한다.

그것처럼 삶을 포기하고 있는 멍청이가 마치 현재의 나를 지칭하는 것 같았다.

책장에 책을 꽂으면서 피트와 관련된 책을 찾아보지만 더 이상은 없었다.

"마법진 책이나 읽어야겠다."

평소보다 이른 시간이었지만 지하실을 나서려는 순간 마나 집적진이 눈에 띄었다.

서클을 모으는 책은 본 적이 있었다. 마나를 느끼고 중단전에 서클을 만든다는 생각을 하면 어느 순간 만들어진다고 나와 있었다.

가장 어려운 점이 마나를 느끼는 것이라 했다. 하지만 나에겐 가장 쉬운 일이었다.

"해볼까?"

그동안은 엔트가 앓고 있어서 조심스러웠는데 오늘은 왠지 땡긴다.

"집적진 온(On)!"

우웅거리며 작동되는 마나 집적진은 주변에 있는 마나를 서서히 빨아들였다.

적당히 마나가 찼다고 생각되었을 때 조심히 안으로 들어가 가부좌를 했다.

"후우우우~"

긴장이 된다. 마법사가 되고 싶었을 땐 바라도 안 되던 일이었는데 지금은 너무 손쉽게 풀리는 것 같은 느낌이다.

빵 줄 사람은 생각지도 않고 스프부터 마신다는 생각에 피식 웃곤 정신을 집중했다.

책에 나와 있는 마나 호흡법을 행하며 마나를 느껴본다. 집적진 안은 짙은 마나 때문에 마치 젤리 속에 들어와 있는 기분이다.

1단계는 역시 쉬웠다.

2단계는 몸으로 받아들이는 단계.

'원래 이렇게 쉬운 건가?'

웃기게도 마나를 받아들이고말고 할 것 없이 이미 내 몸 안으로 끊임없이 들어오고 있었다.

그리고 받아들인다는 생각을 하자마자 지금까지완 달리 내 몸은 코끼리가 물을 빨아들이듯 집적진 안의 마나를 빨아들였다.

3단계는 빨아들인 마나를 명치로 이끄는 것, 처음으로 몸 안을 관조하며 들어온 마나를 명치인 중단전으로 이끈다.

'옳지! 이리로, 이리로……'

목동이 양을 몰듯 생각은 마나를 이끌고 중단전으로 향했다. 한데 가슴 가까이 오던 마나가 갑자기 하단전 쪽으로 쑤욱 내려가더니 흔적도 없이 사라져 버렸다.

'뭐, 뭐야?'

잠깐 당황했지만 서클을 너무 쉽게 만드는 게 이상한 일이었기에 다시 마나를 이끌고 중단전으로 향한다. 하지만 어김없이 아래로 사라졌다.

10번을 해봐도 20번을 해봐도 마찬가지. 심지어 마나 집적진의 마나 유입이 내가 소모하는 것보다 느렸다.

"도대체 무슨 증상이야? 짜증 나네."

집적진에 마나가 채워질 동안 책을 살펴봤지만 나에게 일어나는 증상에 대해선 아무런 언급도 없었다.

포기할까 하는 생각이 들었지만 아까 책에서 봤던 삶을 포기한 멍청이라는 말이 생각나 오기가 솟았다.

"좋아! 끝까지 해보자."

호주머니를 뒤져 버려진 돌에서 구한 마정석을 꺼냈다.

책에서 마정석에 대한 글도 있었는데 마나 집적진 위에 놓으면 마나로 바뀌며 몸으로 흡수가 된다고 했다.

손가락 한 마디만 한 것이 천 금이 넘는다는 말에 다소 놀라긴 했지만 지금은 그게 중요한 것이 아니었다.

먹고 싶은 충동을 참고 집적진의 한쪽에 마정석을 놓고 가부좌를 했다. 그리고 온몸을 열어 마나를 받아들였다.

20번, 30번, 40번……

몇 번을 했는지 잊어버렸다.

한동안 무지막지하게 들어오던 마나가 양이 적어진 걸 보니 마정석은 사라진 게 틀림없었다.

하지만 일어나지 않았다.

아니, 원하는 대로 중단전에 마나를 이끌 때까지 일어나지 않을 생각이다.

'더 많은 마나가 필요해, 더 많은 마나가!'

생각은 집적진을 너머 지하실에 있는 마나를 원했다.

우우우우우우~

마나는 내 생각을 알아들었는지 모여들기 시작했다. 그리고 지하실에 있는 마나가 부족해지자 집을 넘어 숲의 마나를 원했다.

얼마나 시간이 흘렀을까 밑에서 당기는 힘이 서서히 약해졌다.

그리고 마침내 중단전으로 마나가 들어왔다.

'서클!'

책에는 서클은 원이 아닌 나선의 형태라 했기에 난 나선을 생각하며 들어온 마나를 나선처럼 한 바퀴 굴렸다. 그리고 한 번 들어오기 시작한 마나들이 계속 유입되며 주먹만 했던 중단전은 서서히 넓어졌다.

'드, 드디어!'

회오리처럼 돌던 마나들 속에 작지만 진한 원이 서서히 생기며 마침내 돼지 꼬리 같은 하나의 원을 만들어냈다.

감격도 잠시. 만들어진 원은 더욱 강하게 돌며 더 많은 마나를 원했다.

'오냐! 죽도록 먹어봐라!'

마나는 내 의지를 알았는지 끊임없이 들어왔다.

두 개의 서클을 만들고도 멈출 줄 모르는 중단전의 서클은 결국 세 개의 고리를 만들고 움직임을 멈췄다.

"휴! 드디어 끝인가?"

하고 있을 땐 몰랐는데 막상 자리에서 일어나려고 하자 발이 저려왔다. 그때 뒤에서 갑자기 들려오는 소리에 심장이 덜컹 내려앉는 듯한 느낌을 받았다.

"축하한다."

"에, 엔트 님, 깨, 깨셨어요?"

"이 녀석아! 내가 무슨 너처럼 잠 벌레인 줄 아느냐? 축하는 나중에 다시 하기로 하고 이틀 동안 굶었을 텐데 식사나 하자꾸나."

"엑? 이틀이요?"

엔트는 웃으며 말한 뒤 밖으로 나갔다.

이틀이 걸렸다는 말에 놀라면서도 엔트에게 뒷모습에 왠지 모를 죄스러움이 생겨 쉽사리 걸음을 떼지 못했다.

"얼른 오너라."

"네네!"

엔트는 나에게 우유와 빵을 건넸다. 보존 창고에서 바로 꺼낸 것이라 차가웠지만 그의 따뜻한 눈빛에 맛있게 먹었다.

엔트는 그 후 진심으로 마법사가 된 것을 축하해 줬다.

7장

수련

　베르딘 남작은 중단전의 여섯 개의 선명한 서클을 느끼며 눈을 떴다. 희미했던 마지막 서클이 마침내 완전해진 것이 만족스러운지 싱긋 웃는 그였다.

　바닥에 깔려 있던 마나 집적진이 새겨진 나무판을 들고 광장을 향해 나갔다.

　"수련은 잘 끝나셨습니까?"

　"그래. 지키느라 고생했어."

　베르딘 남작은 갱도를 지킨 병사들의 어깨를 차례로 토닥거려 줬다.

　6서클에 이르기 위해 이곳에 올 때의 그와 6서클을 이룬 지금의 그는 많이 달라져 있었다.

그런 것을 가장 크게 느끼는 이들이 병사들이었는데 웬만한 잘못은 눈감아주었고, 가벼운 공훈에는 큰 상을 주었다.

병사는 베르딘 남작의 행동에 감격을 해 고개를 숙였다.

"나오셨습니까?"

솔트론은 베르딘 남작을 발견하곤 자리에서 일어났다.

"스승님은 아직 나오지 않으셨나?"

"예."

"며칠 전 일어난 마나 유동 현상에 대해선 알아봤나?"

"남작님께서 지원해 주신 마법사들과 알아봤습니다만, 별다른 것은 발견하지 못했습니다."

"하긴 그것이 쉽게 나타날 리가 없지."

"무슨 말씀이신지……?"

"…아니네."

베르딘 남작은 말을 하려다 입을 닫았다. 마나지라는 것이 구전으로만 떠돌 뿐이지 실제로 존재할 가능성은 희박했다.

며칠 전 광산 전체 마나가 꿈틀거리는 걸 느낀 그의 스승의 말에 혹시나 싶어 광산을 조사하라 명했지만 큰 기대는 하지 않고 있었다.

"스승님, 사형, 끝내셨습니까?"

나이 든 마법사와 40대 후반의 사내가 갱도에서 중앙 광장으로 나오자 베르딘 남작은 고개를 숙이며 인사를 했다.

"역시 8서클의 벽은 단단하구나. 마나양은 충분한 것 같은데 도무지 깨지지 않으니 말이다."

베르딘 남작의 스승인 벨트민 자작은 고개를 흔들며 안타까워한다.

"조급해한다고 될 일이 아니잖습니까? 그제 마정석이 하나 더 발견되었습니다. 오늘 밤에는 그걸 이용해 보십시오."

"아니다. 그건 네 사형에게 주려무나. 나에게 필요한 건 깨달음인 것 같구나."

"알겠습니다."

베르딘 남작은 엄지손가락만 한 마정석을 꺼내 그의 사형, 볼트에게 건넨다.

"고맙네, 사제."

"하하하! 사형께서 그런 말씀을 하시면 오히려 제가 죄송합니다. 저희가 이깟 마나석 하나에 그럴 사이가 아니잖습니까?"

스승의 수제자인 볼트는 7서클의 벽 앞에 있었다. 베르딘 남작은 스승보다 뮬터에게 마법을 배운 시간이 더 많았다.

"하하! 마정석을 이깟 것이라고 표현하다니, 사제의 배포는 언제 봐도 커."

"하하! 그 정도로 배포라뇨. 내려가시죠. 아침을 드시고 푹 쉬셔야 오늘 저녁에도 수련을 하시죠."

"그러자꾸나."

세 사람은 광산을 나와 본부로 향했다.

"다음 책임자로 누가 온다고 하더냐?"

고급 송로버섯 스프를 먹으며 벨트민 자작이 묻는다.

"형님의 밑에 있는 자크 남작이 내정되었다 들었습니다."

"자크 남작……? 아! 성격 더럽기로는 둘째가라면 서러운 놈
아닌가?"

"맞습니다. 형님과 함께 어린 시절을 보내며 더러운 일을 처
리하던 놈입니다. 한데 최근 형님 저택에서 일하는 하녀를 건
드려서 좌천되었죠."

"허, 공작 전하께서 몸이 많이 안 좋으신가 보군. 그런 자를
마나 광산의 책임자로 보내다니 말이야."

"저에겐 오히려 잘된 일입니다."

베르딘 남작은 미소를 지으며 카나페를 입에 넣었다. 그러
자 볼트가 궁금한 듯이 물었다.

"너에게 잘된 일이라니?"

"좌천되어 잘 보이고 싶어 하는 멍청한 그 녀석이 이곳 광
산에 오게 되면 어떻게 될까요, 사형?"

"글쎄, 노예들을 쥐어짜지 않을까?"

"분명 그럴 겁니다. 그럼 지난 3년이 넘게 제가 마음껏 풀어
줬던 노예들이 어떻게 나올까요?"

"노예들이 어쩌겠어? 그들은 힘이 없어."

"하하하! 사형께서도 마탑에서 수련만 하지 마시고, 시장을
다녀보세요."

"이런, 사제에게 이런 말을 들을 줄이야. 허허허! 요즘 머리 쓰는 게 질색이니 그러지 말고 가르침을 주게."

볼트의 장점은 자신의 단점을 부끄러워하지 않고 솔직히 인정하는 데 있었다. 그의 그런 점에 베르딘 남작이 그를 가장 좋아하는지도 몰랐다.

"그럼 주제넘지만 말씀드리죠. 이곳이 갇힌 곳이라 노예들이 바깥의 소식을 모를 거라는 생각을 버리셔야 합니다. 올 초에 들어왔던 노예들은 바깥세상을 잘 아는 이들이죠. 그들은 세상이 바뀌었다는 걸 잘 압니다. 제 예상대로라면 반란이 일어날 겁니다."

"반란이? 그렇다고 해도 바뀔 것이 있겠나?"

"그렇죠. 다들 죽게 되겠죠. 노예에게 죽을 정도로 약한 병사들이 아니니까요."

"그게 자네에게 이익이 될 것 같지는 않아. 첫째 공자가 아무리 망나니… 험험! 미안하네."

"하하하! 아닙니다. 망나니 맞습니다."

없는 곳에선 황제를 욕할 수도 있는 법. 특히 싫어하는 인물을 욕하는데 기분 나쁠 이유가 없었다.

"반란을 일으킨 노예들이 설령 다 죽는다고 해도 공작 전하께서 첫째 공자를 내치실 리가 있나?"

"그저 책망만 하시겠죠. 사랑하는 첫째 아들이니까요. 하지만 일이 커져서 아버지의 상단에 타격이 생기면요?"

"설마?"

"요즘 세상에 재미있는 길드가 나타났어요."

"뜬금없이 웬 길드?"

"노예인권보호 길드죠. 평민들이 만든 길드인데 우스운 이름이죠?"

"그렇군. 세상이 어떻게 되려는지… 쯧!"

볼트는 가볍게 혀를 찼다. 몰락한 귀족가의 자식이지만 그도 귀족이었다.

"한데 그 길드를 만든 이들의 면면을 보면 우습지 않아요. 톰 상회, 제인 상회, 크리스토퍼 상회 등 모두 제국에서 이름난 상인들이죠."

"그들이 도대체 그런 길드를 만든 이유가 뭐지?"

"공통점이 있죠. 그들 모두 대량의 노예를 거느리고 있다는 거죠. 그리고 그들은 노예들이 반란을 일으켰을 때 효과적으로 대체할 능력도 없죠."

"가만……."

볼트는 지금까지의 들은 얘기를 합쳐 한 가지 결론을 얻었다.

"그곳에 소문을 흘릴 생각이군."

"역시 사형이세요. 노예들에게 소문을 퍼뜨릴 겁니다. 최대한 자세히 그리고 부풀려서요."

"그렇다고 뮬터 상단이 타격을 입을까?"

"큰 타격을 받을 겁니다."

"그들은 그저 돈 많은 평민에 불가해."

"아니죠. 경제를 좌지우지할 수 있는 자들이죠."

"음… 에이! 더 이상은 모르겠다."

"지켜보세요. 시대가 어떻게 바뀌었는지 알 수 있는 좋은 예가 될 테니까요. 하하하!"

베르딘 남작은 기분 좋게 웃었다.

"녀석아, 네 형인 샤루틴 자작을 괴롭히는 게 그렇게 좋으냐? 그런 머리로 마법에 좀 더 집중하거라."

벨트민 자작이 가볍게 꾸짖었지만 베르딘 남작은 웃음을 멈추지 않았다.

공작가의 후계자는 샤루틴으로 이미 정해졌지만 자크 남작이 그 자리에서 끌어내릴 것이다.

베르딘 남작은 공작가의 재산이나 땅이 필요한 것이 아니었다.

그저 한 가지를 위해 공작이라는 직책이 필요할 뿐이었다.

*   *   *

"휴~ 오늘은 이만하자꾸나."

엔트는 힘없는 목소리로 말하며 중앙 마법진에서 일어났다. 마나 친화력을 옮긴다는 마법진은 내가 생각하기엔 사기였다. 그저 마나 집적진의 다른 종류일 뿐이었다.

내 쪽에서 마나석으로 강력하게 마나를 집적시켜 그저 중앙 마법진으로 옮길 뿐 마나 친화력이 옮겨가는 건 아니었다.

하지만 차마 엔트에겐 말하지 못하고 며칠째 고민 중이다.

"엔트 님……."

"난 괜찮다. 이리로 와 마법진 공부나 하자꾸나."

전혀 괜찮지 않은 얼굴이다. 이대로 있는 건 날 진심으로 축하해 준 그에 대한 예의가 아니었다.

"드릴 말씀이 있어요."

"하려무나."

"마나 친화력을 옮긴다는 마법진 말인데요……."

"가짜라고 말하고 싶은 게냐? 그렇다면 하지 않아도 된다. 나도 이미 알고 있는 일이었으니까."

"알고 계셨어요?"

"마법진을 처음 구했을 때, 반쯤 사라진 것을 내 나름대로 추가로 만든 것이다. 이해가 되지 않는 부분이 혹시나 친화력을 옮기는 부분이 아닐까 싶었다. 아니, 스스로 아님을 이미 알고 있었음에도 포기를 못 한 것인지도 모르지."

40년을 노력했으니 포기하기가 쉽지 않을 것이다.

"마나 집적진이라는 걸 아셨군요."

"그래… 응? 마나 집적진이라고?"

"네. 모르셨어요? 마법진으로 볼 때 제가 앉은 쪽에서 모아진 마나가……."

말을 끝까지 할 수가 없었다.

엔트는 뭔가 생각이 난 사람처럼 빠르게 지하실로 향하고 있었다. 그리고 품속에서 낡은 종이를 꺼내 바닥의 마법진과 비교를 했다.

"허허… 마나 집적진이었어. 이제야 눈치를 채다니."

엔트는 미친 사람처럼 혼자서 웃다가 갑자기 인상을 쓰며 웅얼거리기도 했다.

하지만 한 가지 확실한 건 아까 힘없는 표정은 완전히 사라졌다는 것이다.

난 지하실로 내려가는 계단에 앉아 그가 하는 양을 조용히 지켜봤다.

"아우스, 저녁은 이곳에서 먹자꾸나."

"금방 준비해 올게요."

그는 즐거워 보였다.

한 시대의 획을 그은 화염 요리기를 개발한 엔트의 진정한 모습을 보는 것 같아 나 역시 기분이 좋아졌다.

"드세요. 즐거워 보이세요."

"허허허. 물론 즐겁다. 마나 친화력 교환진이라는 착각이 마법진 자체를 잘못 해석하게 만들었어. 여길 봐라. 이곳은 교환하는 부분이 아니라 들어온 마나를 가두는 부분이었다."

"…그, 그런가요?"

반쯤 망가진 마법진을 보고 해석할 능력은 없었다.

아는 건 그저 마법진이라는 것밖엔 몰랐다. 하지만 엔트는 계속해서 설명을 한다.

"그리고 이 연결 부분은 마나 흡입부와 같은 역할을 한단다. 이 마법진은 현재 나와 있는 어떤 마법진보다 우수하구나. 아니, 우수하다는 말로는 부족해. 혁명? 진화? 어쨌든 이제 더욱 발전된 마법 물품들이 만들어질 것이다.

"그 정도인가요……?"

들뜬 목소리로 말하는 엔트. 도대체 무슨 말인지 알아들을 수가 없다.

한참 이러쿵저러쿵 말하던 엔트는 내 상태를 결국 눈치챘다.

"허허허허! 미안하구나, 아우스. 혼자 들떠 알아듣지 못하게 말했구나. 너도 마나 흡입구가 어떻게 만들어졌는지 알지?"

"네. 마나 집적진을 변형해 만들어졌잖아요."

이제라도 내 눈높이에 맞춰지니 감사할 따름이다.

"그럼 마나 흡입구의 단점은 뭐였지?"

"겹칠 수 없고, 설령 겹치더라도 유입되는 마나의 양은 같다는 것이죠."

"그래. 그리고 마법 응용부와의 연결선의 단점은?"

"오로지 마나가 응용부로 나갈 수만 있다는 것이죠."

"맞다. 한데 이 한 장의 마법진이 그 단점들을 모두 없앨 수 있다면 어떻게 되겠느냐?"

마나 흡입구의 기본형은 24시간 동안 마나를 받아들여 1시간의 1서클 기본 마법을 사용할 수 있다.

여기서 흡입구에 유입되는 마나양 항상 같다는 조건이 붙는데, 이를 극복한 것이 마나 유입 속도를 높인 것이다.

엔트는 마나가 없는 곳으로 빠르게 유입된다는 기본 법칙을 이용했다.

유입된 마나가 빠르게 저장부로 가게 만들어 마나 흡입구에 마나의 밀도를 낮춤으로써 시간당 유입되는 마나양을 획기적으로 높였다.

한데 마나 흡입구 역할을 하는 마법 응용부가 생긴다면 어떻게 될지를 엔트는 묻고 있었던 것이다.

"마나석 없이 24시간 켜져 있는 마나등!"

"허허허헛헛! 맞다!"

그의 말처럼 마법진의 혁명이다.

지금도 24시간 켜져 있는 마나등은 있다. 그러나 저장부에 마나석을 박아서 사용해야 했다.

그리고 마나석은 결국 소모품이었다. 그래서 귀족이나 부자가 아니면 이런 마나등을 쓸 수 없었다.

"축하드려요, 엔트 님!"

"축하는 아직 이르구나. 크기를 줄여서 가능한지를 봐야 하니까."

"불가능할 거라 생각하지 않아요."

"나 역시 그렇게 생각한다. 허허허!"

식사를 끝났음에도 엔트는 마법진에 대한 얘기를 멈추지 않았다. 못 알아듣는 게 많았지만 상관없었다. 그가 즐거워하는 모습만으로도 기뻤다.

가만, 근데 뭔가를 잊고 있는 것 같은데?

"엔트 님, 이게 그 정도로 대단한 마나 집적진이라면 마나를 느낄 수 있지 않을까요?"

"조금 전 그 생각도 떠오르더구나. 마법진을 고치고 시도를 해봐야지."

"그래요. 마법 응용부를 계속 늘이면 불가능하진 않을 거예요."

"허허허. 아우스, 마나 집적진은 4개에서 5개가 가장 적당하단다."

"그래요?"

"더 이상 많아지면 마법진간에 간섭 때문에 오히려 마나 흡수가 더 안 좋아진단다."

처음 듣는 얘기다. 하지만 4개 정도만 되도 마나 집적은 충분할 것 같았다.

"어쨌든 해봐요!"

"좋아! 난 마법진을 완성할 테니 넌 이 방에 있는 마법진들을 모두 지워 버려라."

"넵!"

마법진을 모두 멈추고 난 뒤 돌로 된 바닥을 얇게 갈기 시작했고, 엔트는 밖에서 반쪽뿐인 마법진을 고도의 마나 집적 진으로 바꿔 나갔다.

마법진을 완성시키고 지하실 전체에 중앙 마법진과 마나를 모으는 역할을 하는 마법 응용부—엔트와 난 보조 마법진으로 부르기로 했다—4개를 그려 넣는 데 3일이 걸렸다.

그리고 간단한 실험 가동 후 엔트는 중앙 마법진에 자리를 잡고 앉았다.

"지독할 정도 짙어. 마치 눈에 보이는 것 같아."

보조 마법진 네 개에는 마나가 들어오는 통로에 마나석을 박 아 마나양을 더욱 증가시켰다. 그리고 그 네 군데에서 흘러들어 온 마나는 중앙 마법진이 흩어지지 않게 붙잡아두었기 때문에 나에게 느껴지는 마나의 농도가 마치 늪처럼 느껴질 정도였다.

그러나 마법진엔 한계가 있어 보였다.

12시간이 넘어가자 보조 마법진도 더 이상의 마나를 빨아 들이지 못했다.

중앙 마법진이 이미 한계치의 마나를 보유하고 있다는 뜻 일 것이다.

그리고 그 속에서 벌써 12시간이 넘게 마법진 안에 눈을 감 고 마나를 느끼려 하는 엔트의 표정은 그리 좋지 않았다.

"휴우~"

엔트는 짧은 한숨과 함께 마법진에서 일어났다.

"어떠세요?"

"글쎄다. 뭔가 느껴지는 것 같기도 하고 아닌 것 같기도 하고 잘 모르겠구나."

"아쉽네요. 일단 식사하시고 좀 더 해보시는 게 어떠세요?"

"네가 보기엔 어떠냐? 중앙 마법진에 마나가 더 짙어지고 있느냐?"

"한계가 있는 것 같아요."

"내 생각도 그런 것 같구나."

"보조 마법진 하나를 더 늘려보는 건 어떨까요?"

내 말에 그는 고개를 흔들었다. 하긴 지하실엔 더 이상 그릴 곳도 없었다. 그리고 다섯 개라도 한계치에 이르는 시간만 빨라질 뿐 모이는 총 마나양에는 변함이 없었기에 소용이 없었다.

"그럼 마법진을 더 크게 그려보는 건 어떨까요?"

"연구를 하면 가능하겠지……."

마법진이 커진다고 무작정 마법이 세지는 건 아니었다.

만일 그렇게 된다면 도시 크기로 파이어 마법진을 설치하면 도시를 불태울 수 있지 않겠는가?

마법진은 2배가 커지거나, 반으로 줄어들면 그만큼 많은 연구가 필요하게 된다고 책에 적혀 있었음에도 위로랍시고 말한 것이다.

일비일희라고 요즘 엔트의 표정은 기뻐했다, 슬퍼했다를 반복하고 있었다.

그때 번뜩하고 머릿속에 한 가지가 떠올랐다.

"마정석을 이용하면 되지 않을까요?"

"허허허, 녀석하곤. 마정석이 얼마나 비싼 줄 아느냐. 천 금이 넘는 돈이다."

90년 전만 하더라도 네 식구가 40은이면 지냈다. 하지만 요즘은 3금 정도면 가능했는데 천 금이라면 정말 어마어마한 돈이었다.

하지만 엔트는 플린 왕국의 최고 부자 아닌가. 그런데 그는 내 마음을 알고 있기라도 한 듯 설명을 이었다.

"현재 나에게 남은 돈은 수백 금이 채 안 된다. 내가 이곳에 머물기 위해 광산에 매달 20금씩 줘야 하고 매주 들어오는 음식값도 한 달에 10금 정도 들어간단다. 내년엔 나도 이곳을 떠야 할 처지란다."

"그렇군요……."

엔트의 현실도 그리 좋은 것만은 아니었다.

"허허허. 내 돈이 없는 걸 네가 오히려 슬퍼하느냐? 그리고 아우스 넌 내가 노예에서 풀어주마."

"아니에요. 노후를 생각하셔야죠."

고마웠다. 어린 노예라 가격이 싸긴 하지만 그래도 30금이 넘는 돈이다.

물론 밖에 나가 릴리즈액만 팔아도 갚을 수 있고, 마정석만 한 개만 가지고 나가도 얼마간은 걱정 없이 살 수 있다.

하지만 청소 팀 아이들을 이곳에 두고 떠나기가……!

'바보!'

노예가 되더니 생각도 노예가 되었나 보다. 나가서 평민이 되어 아이들을 사면 되는 일이었다.

난 다급하게 다시 말했다.

"다, 다시 말씀드릴게요. 노예에서 풀어주세요."

"걱정 마라. 거절한다고 해도 그럴 생각이었다. 넌 어떨지 모르지만 난 네가 마치 내 손주처럼 느껴진단다."

"엔트 님……."

"할아버지라 불러줬으면 좋겠구나."

말이 나오지 않았다.

내 삶을 돌아보면 가장 생소한 단어가 가족이라는 단어가 아닐까 싶었다. 근 40년간 난 혼자였다.

남작의 첫째 아들일 때 남작이 있었지만 내 방에 들어온 것은 몇 번 되지 않았다.

"당장 부르라는 소리는 아니다. 네가 원할 땐 언제든지 그렇게 불러도 좋다."

"…마정석은 걱정 마세요. 제가 구해 드릴게요."

"네가 무슨 수로?"

"마나석을 찾는 능력이 있거든요."

"그런 능력이 있어?"

"네……."

'할아버지.'

뒷말은 삼켰다.

아직까진 무리였다.

$$*\qquad *\qquad *$$

막상 찾으려 하면 찾기가 힘들다고 했던가, 버려진 돌무덤을 다 뒤졌다.

마나석은 제법 구할 수 있었지만 마정석은 한 개밖에 없었다.

한 개만으로 시도하자니 혹시 실패하면 또다시 추가로 구해야 한다는 생각에 세 개가 모일 때까지 기다려 보기로 했다.

대신 엔트는 틈틈이 마나를 느끼는 훈련은 계속하고 있었다.

실패하면 안에 모여 있던 마나는 내 몫이 되었다. 4서클이 되려면 얼마나 많은 마나가 필요한지 모르지만 중단전은 아귀처럼 마나를 먹어도 먹어도 끝이 없었다.

"고생하셨어요."

"뭔 고생. 엔트 님께 잘 먹겠다고 전해 드려라."

"네. 수고하세요."

수요일, 어김없이 물건이 도착했다.

물건을 같이 옮겨준 병사들에게 술을 건네자 손을 흔들며 초소로 향했다.

"이건 뭐지?"

보존 창고에 물건을 넣다가 포장된 물건을 발견했다. 만져보니 책이다. 엔트 할아버지가 주문을 한 책인 것 같아 식탁 위에 올려두고 마저 정리를 마쳤다.

"오, 짐이 왔구나. 혹시 그 안에 다른 것 없더냐?"

"잘 쉬셨어요? 식탁 위에 올려뒀는데 갖다드릴게요."

"자!"

포장된 물건을 넘기자 엔트 할아버지는 물건을 다시 나에게 줬다.

"마법사가 된 축하 선물이다."

"할아버지……."

"이럴 땐 감사하다며 받는 거란다. 그게 어린애인 너에게 어울리고."

"…감사해요."

"그래, 어서 열어보려무나."

난 기쁘게 받았다. 그리고 포장지를 뜯자 '3서클 마법까지의 기초'라는 글이 적혀 있었다.

"그 많은 책 중 하필이면 마법 서적이 없더구나. 기껏 마나를 다루는 마법사가 되었는데 마법진의 시동만 건다는 게 우습잖니. 그러니 열심히 하거라. 그렇다고 마법진을 소홀히 하면 안 된다."

"두 가지 다 열심히 할게요. 한데 돈도 없으실 텐데 이 비싼걸……."

"몇 년 전이었다면 최고의 마탑에서 나온 마법서를 구했을 텐데. 아무튼 요즘은 생각보다 많이 싸졌더라. 그러니 너무 신경 쓰지 마라. 흠! 난 잠깐 운동이나 하고 와야겠다."

엔트 할아버지도 쑥스러운지 할 말을 마치고 밖으로 나갔다.

마법진을 이용한 발현과 중단전을 이용한 마법 발현은 마법 발현부에 쓰인 룬어의 일부를 제외하고는 달랐다. 그래서 3서클에 이르고도 마법진을 구동시킬 때를 제외하곤 마나를 사용할 일이 없었다.

선물로 받은 마법서를 열었다.

마법은 마나와의 대화다. 대화는 룬어로 가능하다. 간절히 원하라. 그럼 서클의 마나와 외부의 마나는 너에게 힘을 줄 것이다.

전혀 이해되지 않는 글귀를 시작으로 마나에 대한 설명, 서클을 만드는 방법, 주의할 점 등이 처음에 나왔고, 책장이 좀 더 넘어가자 라이트 마법이 나온다.

"무슨 책이⋯⋯."

'이 따위야라는 말을 뱉으려다 엔트의 얼굴이 떠올라 삼켰다.

이런 종류의 마법책은 처음이라 좋은 건지 나쁜 건지 잘 모르겠지만 마법진 관련 책에 비하면 전반적으로 불친절한 책이었다.

그러나 다른 방도가 없으니 따라 할 수밖에 없었다.

마치 처음 나온 글귀에 충실하려는 듯 라이트의 룬어를 마

음속으로 되뇌며 중단전의 마나를 밖으로 내보내 밖의 마나
와 접촉시킨다.

"라이트!"

그리고 손을 펼치며 외쳤다.

아름다운 빛은… 없었다.

"쳇! 너무 쉽게 생각했나 보네."

한 가지를 잊었다. 간절히 원하라는 구절이었다.

"노예의 간절한 구걸을 보여주지."

룬어를 속으로 중얼거리며 서클을 돌려 나온 마나를 손으
로 보낸다.

"라이트!"

화악!

손바닥엔 환한 빛이 나온다. 하지만 금세 다시 꺼져 버린다.

"뭐가 잘못된 거지?"

난 책의 뒷장을 읽고야 알았다. 마법의 유지, 원하는 곳으
로 보내는 방법 등이 빼곡히 적혀 있었다.

마음속으로 허술하다고 생각한 벌인가 보다.

하지만 난 마법서를 서서 읽고 있다는 걸 생각도 못 할 만
큼 집중하고 있었다.

마법에 왜 마나 친화력이 중요한지 알게 되었다. 그리고 책
에 적힌 말의 의미를 알 수가 있었다.

마법은 마나와 노는 것이었다.

1서클의 라이트를 머리맡에 띄워놓고 마법서에 있는 3서클
까지의 룬어를 외웠다. 이미 모두 한 번 본 것이지만 룬어를
완전히 외우는 건 어려웠다.

마나 친화력보다 기억력이 조금 더 좋았으면 하는 생각이
날이 갈수록 간절해진다.

마법진을 외울 양도 만만치 않은데 마법까지 외우려 하니
죽을 맛이었다.

"휴~ 잠깐 자야겠다."

피곤해서라기보단 머리에 휴식을 주기 위해선 잠이 필요했
다. 가지고 놀던 라이트를 없애곤 침대에 누웠다.

얼마나 잤을까. 눈이 떠졌다.

창문을 열어 대략적인 시간을 파악한 후 침대에 가부좌를
하고 앉아 잠깐의 명상으로 3개의 서클에 마나가 충분한지를
확인한다.

비어 있을 땐 채우지만 웬만해선 자고 일어나면 가득 차 있
었다.

그런 뒤 부엌으로 가서 빵과 우유, 뿌리 가루를 복용하고
밖으로 나섰다.

"라이트!"

3서클 파이어볼도 사용할 수 있었지만 오래 버틸 수가 없었
고, 초소에서 보일 수도 있었기에 조심해야 했다.

켠 라이트를 틈이 조금 있는 나무통에 넣은 상태에서 운동을 시작했다.

팔굽혀펴기를 하다가 연신 나무통을 힐끔거렸다. 라이트가 계속 켜져 있나를 확인하는 것이다.

"치~! 꺼졌네. 라이트!"

남작가에 있던 전투 마법사들이 하던 훈련인데 혼잡한 전투 중에도 마법을 정확하게 사용하기 위해 방법이었다.

세 시간의 운동은 10번이 넘게 라이트를 꺼뜨리고 끝을 맺었다.

오늘은 바쁜 날이다.

마정석을 구하기 위해 청소 팀에 가서 일을 하기로 했다. 물론 청소 팀 한 명은 아프다는 핑계로 집에서 쉬게 될 것이다.

"할아버지 다녀올게요."

새벽부터 마나를 느끼는 수련을 하는 엔트 할아버지의 아침을 차려놓고, 약초를 씹으며 청소 팀으로 향했다.

여름이라 그런지 모두 밖에서 아침을 먹고 있었다.

"아우스, 왔니? 키가 많이 컸네?"

리브가 반갑게 맞이해 주었다.

"모두 잘 지냈어요?"

"갔으면 편하게 지내지 뭐 한다고 일을 하러 왔어?"

"쫓겨날 때를 대비하는 거겠지. 킥킥!"

"네 덕분에 항상 잘 먹고 있다. 고맙다, 아우스."

오랜만에 왔지만 살틴을 제외하곤 다들 반갑게 맞이해 줬다.

"아, 아우스, 와, 왔어?"

스프 통과 빵 상자를 갖다 주고 왔는지 밑에서 올라오던 몰린이 반겼다.

인사가 끝나고 리브는 쉴 사람을 정했는데 내 전에 엔트 할아버지와 있었던 러스였다. 통통했던 그는 일이 힘들었는지 깡말라 있었다.

약간 미안한 생각이 들었지만 지금은 별다른 수가 없었다.

여름이 코앞까지 다가오자 아이들은 해가 내려쬐는 벌목 현장보다 힘은 들지만 시원한 광산을 더 선호했다. 그래서 난 벌목 현장으로 배정되었다.

할 일이 달라지진 않았다.

주변을 정리하며 예전에 심장이 두근거렸던 곳들을 돌아다녀봤다.

'여기가 제일 가까운 것 같은데…….'

대략 1.5미터. 바닥은 흙과 돌이 섞여 있어 파기 쉬운 곳은 아니었다. 난 나뭇가지를 꽂아 표시를 한 후 몇 미터 떨어져 중얼거렸다.

"디그."

파앗!

꽂아뒀던 나뭇가지가 산산조각 나며 튀어 올랐고, 흙은 사방으로 비산을 했다.

"디그! 디그! 디그!"

팟팟팟!

디그 마법을 펼칠 때마다 마정석이 있을 것이라 예상되는 땅은 조금씩 파이기 시작했다.

책에 디그는 두 가지 종류가 있다고 설명되어 있었다.

1서클과 5서클 디그가 있었는데 둘은 완전히 달랐다. 1서클은 윈드 계열로 공기를 압축해 땅에서 폭파시키는 방법이었고, 5서클 디그는 공간 계열로 땅의 일부분을 짧은 거리만큼 공간 이동 시키는 방법이었다.

"아, 아우스, 무, 무슨 소리 못 들었어?"

"무슨 소리?"

몰린은 덩치에 맞지 않게 민감했다.

"뭐, 뭔가 터지는 소리처럼 들리던데."

"야생동물인가?"

시치미를 뗐다. 사실 이 근처에 야생동물은 씨가 말랐다. 풀뿌리까지 먹는 판국에 웬만한 동물이 남아 있을 리가 없다.

"야, 야생동물……."

"침 흘리지 말고 가서 일이나 해."

하여간 몬스터도 씹어 먹을 애다.

멀어져 가면서도 아쉬운 듯 계속해서 뒤돌아보는 그를 향해 주먹을 들어 올리자 비로소 사라졌다.

나중에 노예에서 벗어나면 녀석에게도 마법을 가르칠 생각이다.

주변을 정리하면서 계속 디그 마법을 펼쳤다.

"칫! 1서클 마법 따위."

흙은 20센티미터씩 파이는데 돌이 있는 부분은 채 2, 3센티미터가 고작이었다. 그리고 1미터 밑으로는 바위가 있어 더욱 힘들었다.

"차라리 바위라서 더 나은 건가?"

마나 소모야 심하지만 소리가 나지 않는 건 장점이었다. 엔트와 지내며 약간은 긍정적인 성격으로 바뀐 것 같았다.

필요 없는 흙과 돌을 파내고 다시 마법을 펼쳤다.

"디… 그."

1서클의 디그 마법이지만 반복하다 보니 3서클의 가득 채운 마나가 바닥이 났다.

중단전의 장점은 마나를 끝까지 사용해도 몸에 무리가 없다는 것이다.

그저 약간의 허탈감과 나른함이 끝이라 했는데 정말 그랬다.

처음으로 써클의 마나를 다 사용한 것이다.

"어……?"

나른함에 잠깐 서 있는데 비어 있던 서클이 빠르게 돌며 마나가 차올랐다.

외부의 마나를 끌어당기고는 있었지만 일부에 불과했고 나머지는 어디에서 오는지 모르겠다.

"원래 이런 건가?"

책에 마법을 발현하는 방법과 경우에 따라 돌발적으로 일어날 수 있는 몸의 변화에 대한 언급은 있었다. 그러나 워낙 일부에 불과했다.

나에게 일어나는 일을 물을 사람 또한 없으니 그냥 원래 그런가 보다 하고 넘어가는 수밖에 없었다.

차오르던 마나는 절반 정도 채워지더니 멈췄다. 덕분에 나른함은 금세 사라졌다.

주변을 살피며 깊게 구멍 난 곳에 가까이 다가갔다.

'있다!'

디그로 부서진 돌과 흙이 있는 구덩이를 긴 나무로 휘젓자 새끼손가락만 한 마정석이 부서진 돌에 붙어 있는 것이 보였다.

누가 볼세라 재빨리 꺼내 호주머니에 넣고 구덩이를 메웠다.

이제 마정석 하나만 더 구해 엔트에게 실험하면 이곳 광산과도 이별이다.

바깥세상에 그리 큰 관심이 없었지만 나갈 수 있다고 생각하니 하루라도 빨리 나가고 싶어졌다.

'한데 왜 이리 불안하지?'

또다시 나의 엉터리 예감이 일어났다.

8장
추운 겨울이 오다

"어서 오세요, 탐스 경."

"남작님을 뵙습니다."

"인수인계 때문에 온 겁니까?"

"예."

베르딘 남작은 인수인계일보다 2주나 먼저 도착한 탐스를 웃는 얼굴로 맞이한다.

그리고 역시 자크 남작이라는 생각을 하며 속으론 회심의 미소를 지었다.

40대 초반의 탐스 경은 자크 남작의 오른팔로 5서클 전투 마법사였다.

그는 머리는 좋았지만 성격이 잔인하고 흉포했는데, 특히나 강한 사람에겐 약하고, 약한 이에겐 강한 기회주의적 인물이었다.

"탐스 경이 지내긴 괜찮은 곳일 겁니다. 저도 3년간 6서클에 오를 수 있었거든요."

"그렇습니까? 감축드립니다, 남작님."

"하하하! 고맙군요. 탐스 경도 이곳에서 분명 좋은 일이 있을 거예요. 3~4년이면 충분히 원하는 서클에 오르실 겁니다."

고개를 숙인 채 베르딘 남작의 말을 듣는 탐스의 얼굴이 살짝 굳었다.

'빌어먹을 자식! 이곳에서 몇 년간 썩으라는 말이군.'

비록 자신이 모시고 있는 자크 남작의 실수로 이곳 광산으로 오게 되었지만 탐스는 곧 다시 공작가로 돌아갈 거라 생각했다.

그래서 돌려서 그런 의도를 살짝 비췄다.

"그럴 기회가 저에게 올지 모르겠습니다."

"마나가 풍부한 곳이니 올 겁니다."

'오크 같은 자식!'

"인수인계와 관련된 건 베어 경이 도울 겁니다. 오늘은 일단 편하게 쉬고 내일부터 본격적으로 인수인계를 받으세요."

"알겠습니다."

"베어 경, 숙소를 안내해 주게."

"알겠습니다, 남작님! 탐스 경, 저를 따르시지요."

탐스는 인사를 하고 베르딘 남작의 집무실에서 나왔다. 그리고 앞서 걷는 베어를 따라가며 물었다.

"베르딘 남작님을 따라간다고?"

탐스와 베어는 나이 차이가 났지만 계급은 같았고, 기사와 전투 마법사라는 점에서 소속이 전혀 달라 반말을 해서는 안 됐다.

같은 샤루틴 자작가 소속이라면 가능하지만 이번에 그가 베르딘 남작을 따르기로 하면서 그런 연결 고리마저 끊어졌기에 동등하게 대해야 했다.

하지만 베어가 이곳에 남아 있다면 자신이 굳이 일찍 와서 인수인계를 받을 필요도 없을뿐더러 나중을 위해서라도 좋았기 때문에 곱지 않은 말투가 나온 것이다.

"네. 그렇습니다."

베어는 그의 말투에 별로 신경 쓰지 않는지 정중히 말했다.

그런 모습이 더 꼴 보기 싫은 탐스였다.

"자네에게 기사 작위를 수여한 공작 전하를 배신한 행위라 생각하지 않나?"

"베르딘 남작님도 공작 전하의 아드님입니다."

"샤루틴 자작님이 이미 10년 전에 공식 후계자로 지목되었지."

"……"

베어는 정곡을 찔렸는지 가던 걸음을 잠깐 멈추더니 다시 걷기 시작한다.

그런 모습을 뒤에서 바라보는 탐스는 불편했던 심기가 약간 풀리는 것 같아 미소를 지었다. 하지만 베어의 말에 금세 인상이 와락 구겨진다.

"배신인지 아닌지는 탐스 경이 이곳에서 10년을 보내시고 난 뒤에 이 대화를 다시 하기로 해야겠습니다."

"내가 이따위 곳에……."

"여기가 묵을 곳입니다. 식사는 간부 식당으로 가시면 원하시는 대로 드실 수 있을 겁니다. 대신 입맛에 맞을지는 저도 장담을 못 하겠군요. 하지만 오래 계시다 보면 금세 익숙해지실 겁니다. 그럼, 내일 오전 5시 30분에 뵙죠."

"건방진 자식!"

탐스는 멀어지는 베어를 향해 나지막이 외쳤다. 그리고 자신의 방으로 들어갔다.

"…이런 곳에서 지내라고? 으아아아!"

장식품이라곤 낡은 침대 옆에 있는 탁자와 그 위에 있는 화병이 다였다.

급격히 일어나는 분노에 고함을 치면서 뭔가를 때려 부수고 싶은 욕망이 일었지만 부술 것도 없었다.

"으득! 참자, 참어."

샤루틴 자작이 공작 위를 물려받으면 남작의 작위를 약속받은 탐스였다.

그러기 위해선 이곳에서 다시 공작령으로 불러줄 때까지 사고 치지 말고 기다려야 했다.

"베르딘 남작이 떠나고 나면 꾸미면 될 일."

화를 가라앉힌 탐스는 오후 내내 아무것도 먹지 못했음을 깨닫고 식당으로 향했다.

넓지 않은 곳이라 간부 식당이라 적힌 곳을 금세 찾을 수 있었다. 꼴도 보기 싫은 베어가 한쪽에서 뭔가를 먹고 있었지만 무시하고 자리에 앉았다.

"먼 길 오신 탐스 경이 오셨다. 오늘은 처음이라 셀프임을 모르실 테니 갖다 드려라."

"네⋯⋯."

셀프?

처음 듣는 단어는 아니었지만 생소한 단어였다. 중간 간부로 보이는 한 사내가 놓여 있는 음식들을 식판에 담더니 가져왔다.

"더 필요하시면 말씀하십시오. 맛있게 드십시오."

칸이 나눠져 있는 판에 한쪽에는 스프, 다른 한쪽에는 빵이 담겨져 있었고, 위의 작은 칸에는 샐러드와 잼이 담겨 있었다.

물론 탐스 또한 식판을 모르는 것은 아니었다.

하지만 병사들이 사용하는 것을 본 적은 있지만 실제 자신이 식판을 사용하게 될지는 몰랐다. 결단코 전쟁 중에도 이렇게 먹어본 적이 없었다.

으득!

너무 이를 앙 물어 턱이 아플 정도였지만 탐스는 분노로 느끼지 못했다.

한참을 식판을 노려보던 탐스는 스프용 숟가락을 들어 스프를 떴다. 냄새가 탐탁지 않았지만 결국 입으로 넣었다.

'젠장……!'

스프가 아니라 풀죽처럼 느껴졌지만 2주간은 어쩔 수 없음 알았기에 억지로 삼켰다.

불행 중 다행이랄까. 빵은 거칠긴 했지만 그럭저럭 먹을 만했다.

물론 배가 고프지 않았다면 손도 대지 않았을 것이다. 겨우 허기만 면할 정도로 먹고는 자리에서 일어났다.

"입맛이 없나 봅니다?"

때마침 같이 일어난 베어의 이죽거리는 듯한 소리에 살기가 오르는 것을 억누르며 겨우 말한다.

"…피곤해서 입맛이 없군."

"제 경험상 이게 도움이 될 거라 생각하고 준비했습니다."

베어의 손에는 고급은 아니지만 괜찮은 위스키가 있었다.

마음 같아선 당장에 거절을 하고 싶었다. 하지만 2주간 죽으나 사나 붙어 있어야 할 사이었다.

그리고 무엇보다도 술이 간절해지는 날이었다.

"험! 고맙네."

"벽난로엔 불을 피워두라고 말해뒀습니다."

탐스는 술을 받아들곤 자신의 방으로 돌아왔다. 그리고 술을 마시며 이곳의 고쳐야 할 것들을 머릿속으로 정리하기 시작했다.

이튿날부터 본격적인 인수인계에 들어갔다.

제일 먼저 들린 곳은 광산에서 나온 마나석을 가공하는 곳이었다.

가공이라는 말이 무색하게 나이 든 노예 세 명이 앉아 돌에 붙은 마나석을 떼어내는 것이 전부였다.

"베어 경, 하루에 얼마나 마나석이 나오나?"

"맥이 발견될 땐 많지만 평균적으로 20킬로그램 정도 나옵니다."

"음, 노예의 숫자에 비하면 채광량이 많지는 않군."

"그런 면이 없진 않죠. 하지만 베르딘 남작님은 이 정도면 충분하다고 하셨습니다."

400명에 가까운 노예로 하루 20킬로그램이면 적은 양이었다. 하지만 아직까지 광산에 대해선 몰랐기에 탐스는 입을 다물었다.

하지만 여러 작업장을 돌아다니다 보니 이유는 금방 알 수 있었다.

'미친놈! 노예를 상전 모시 듯하다니. 하지만… 큭큭큭! 우리에겐 기회가 되겠어.'

탐스는 노예들에게 관대한 베르딘 남작을 속으로 욕했다. 그러나 한편으론 감사하기도 했다.

이곳에서 빨리 벗어날 가능성을 본 것이다. 그리고 자크 남작과 자신의 주머니를 채울 생각까지.

그는 베어가 볼까 웃음이 나오는 걸 억지로 참아야 했다.

"이곳이 광산입니다."

"보통 몇 시까지 일을 하나?"

"해가 지기 바로 직전까지 합니다. 하루 12시간 일을 하죠."

"16시간까지는 가능하지 않나?"

"시대가 어떤 시대입니까? 노예들도 인권이 있습니다."

"인권? 노예에게……?"

"제 말이 이상합니까?"

"아닐세."

탐스는 기가 막혔다.

평민들이 귀족의 권위을 위협하고, 노예들이 반란을 일으켰다는 얘기는 들었다.

하지만 그건 귀족이 힘이 없는 뮤트 제국과 도란스 삼국의 얘기였다.

발칸 제국의 귀족은 여전히 건재하다는 것이 탐스의 생각이었다. 그리고 그는 결코 노예를 인간으로 생각할 마음 따윈 없었다.

베어에게 뭐라 한마디를 하려 했지만 어차피 떠날 사람들에게 말해봐야 입만 아플 뿐이라는 생각에 입을 다물었다.

"오후엔 각종 장부에 대해 말씀드리겠습니다."

"그러지."

오전 동안 광산의 구석구석을 본 건 아니지만 탐스가 대략본 광산의 운영은 한 마디로 엉망진창이었다.

그와 함께 인수인계를 받자마자 광산답게 만들겠다고 마음속으로 다짐했다.

"베어 경, 할 말이 있습니다."

막 베어와 헤어지려는데 한 명의 노인과 노예로 보이는 소년이 베어에게 다가와 말을 거는 걸 보고 흥미가 생겨 지켜봤다.

"무슨 일입니까?"

"조만간 이곳을 떠날 생각입니다."

"그렇습니까? 언제쯤 떠날 겁니까?"

"2주쯤 뒤에 갈 생각입니다."

"병사들에게 말해둘 테니 편할 때 떠나세요. 참, 우리가 떠난 다음에 나가는 거라면 여기 있는 탐스 경에게 말하면 될 겁니다."

"아! 그렇습니까? 그리고 떠날 때 이 노예 아이를 데리고 갔으면 합니다."

"이 아이를요?"

"네. 같이 지내다 보니 정이 들어서 제가 샀으면 해서 말이죠."

"음, 그건……."

"100금 정도면 적당하지 않을까 생각하는데 어떻습니까?"

100금이면 성인 노예 두 명 값이었다.

"나쁘지 않은 제안이군요. 그럼 그렇게 하세요."

"감사합니다. 여기."

노인은 베어에게 돈을 건네고 소년과 함께 사라졌다.

"탐스 경, 이 돈은 경께서 처리하시지요."

베어는 노인에게 받은 돈을 탐스에게 건네줬다. 얼떨결에 돈을 받아 잠깐 머뭇거리던 탐스는 그가 어떤 의미로 준 건지를 깨닫고는 안주머니에 돈을 넣었다.

"저 노인은 누군가?"

"5년 전쯤에 마나 수련을 한다며 들어온 노인입니다."

마나가 풍부한 광산에선 간혹 있는 일이었기에 탐스도 고개를 끄덕였다.

"어린 노예가 마음에 들었나 보군. 100금이나 들여 사는 걸 보면 말이지."

"시동 출신이라 잘 모셨나 보지요."

"그 꼬맹이가 귀족가의 시동 출신이라고?"

"저도 얼핏 들었습니다. 그럼, 식사 후 뵙죠."

베어는 자신의 집무실에 들어갔다.

하지만 탐스는 노인과 소년이 사라진 방향을 보며 중얼거렸다.

"시동이라……."

그는 묘하게 입술을 비틀며 웃었다.

*　　　*　　　*

내일모레면 광산을 나가야 했기에 릴리즈액을 만들던 그릇을 깨뜨릴까 고민하던 차에 마침내 3번째 마정석을 구할 수 있었다.

"구했다고?"

"네, 할아버지."

"허허허! 그 비싼 것을 늙은이가 마나를 느끼게 만드는 데 사용하다니……."

"그런 말씀 마세요. 그동안 할아버지가 쏟아부은 세월에 비하면 아무것도 아니에요. 그리고 밖에 나가면 돈이야 못 벌겠어요."

"그렇게 생각해 주니 고맙구나."

엔트 할아버지는 미안해하면서도 살짝 들떠 있었다.

"식사하시고 바로 해봐요."

"그러자꾸나."

마법진의 시동을 걸어두고 간단히 빵과 우유로 저녁을 먹고 지하실로 내려갔다.

"마정석은 중앙 마법진에 놓는 게 좋겠지?"

"아뇨."

중앙 마법진이 마나를 가질 수 있는 한계까지 가져도 마나를 느끼지 못했다.

그래서 아무리 마정석을 세 개 놓는다고 해도 마법진이 한계에 빨리 이를 뿐 도움이 되지 않을 거라 생각했다.

결국 마정석이 풀릴 공간이 더 필요하다는 소리였다.

"할아버지가 입에 물고 하세요."

"입에 물고? 아하! 내 몸만큼 더 마나를 모을 생각이구나?"

"네. 가능할지는 모르겠지만요. 헤헤!"

엔트 할아버지는 내 의도를 바로 알아채셨다.

"되든 안 되든 마지막 시도다. 이번에도 실패한다면 마나를 모을 생각을 두 번 다시 하지 않을 생각이다."

"아라 님의 이름으로! 성공하실 거예요."

신을 믿지 않았지만 지금은 성공하게 해달라고 진심으로 신에게 빌었다.

엔트 할아버지는 마정석 3개를 입에 물고 마법진에 앉았다. 그리고 조용히 눈을 감고 마나를 느끼기 위해 노력한다.

누군가의 수련을 옆에서 지켜보는 건 지루한 일이었다. 특히나 그것이 마나를 느끼기 위한 것이라면 더더욱 말이다.

하지만 난 내가 수련을 하는 것처럼 즐거웠다. 눈을 감고 마나를 느끼면 마치 눈에 보이는 듯했다.

주변에서 보조 마법진으로 유입된 마나는 마나석을 통과하며 증폭되어 중앙 마법진으로 들어갔다.

그리고 마법의 힘으로 쳐져 있는 투명한 막 때문에 흩어지지 못한 마나들은 점점 뭉쳐졌다. 그리고 갈 곳을 찾아 헤맸다.

'아! 마정석이 녹는다.'

할아버지의 입에 있는 마정석까지 녹기 시작하자 마법진은 금세 한계에 이르렀다. 그리고 점점 빨리 녹는 마정석이 밖으로 나가지 못했다.

그 순간, 마나는 파고들 곳이 있음을 깨닫고는 할아버지의 몸으로 들어가기 시작했다.

움찔!

할아버지가 마나를 느낀 모양이다.

'할아버지 중단전으로요!'

하지만 마나를 이끄는 게 힘든 것일까, 파고들던 마나들이 움찔거렸다.

안타까웠다. 그 모습을 지켜보고 있자니 온몸에 힘이 절로 들어갔다.

결국 난 눈을 뜨고 밖으로 나왔다.

"후우~!"

나도 모르게 한숨을 쉬고는 멍하니 서 있었다. 그러다 바닥에 뒹구는 먼지를 보고는 손가락으로 집었다.

그게 발단이 되어 난 집을 청소하기 시작했다.

집 청소를 끝내고 배고픔에 허기까지 달랜 후, 깜박 잠이 들었다 깼다. 그런데 엔트 할아버지는 여전히 그대로였다.

"아직도인가? 근데 뭐야! 하루가 지난 거야?"

청소를 한창 할 때가 아침이었다. 한데 지금은 어느새 하늘에 별이 하나둘씩 나타나고 있었다.

쿠쿠쿠쿠쿠쿠쿠웅~

"뭐, 뭐지?"

갑자기 집 전체가 떨리며 울었다. 지하실이 있는 부근의 마나들이 요동을 치며 밖으로 새어 나오기 시작했다.

난 깜짝 놀라 지하실 안으로 뛰어들어 갔다.

'마, 마법진이?'

중앙 마법진은 오래전에 꽉 차 있었다. 한데 이미 한계에 이른 마법진에 마정석이 모두 녹으며 어마어마한 마나를 토해놓으니 마법진이 버티지를 못하고 있었다.

또한 마나를 흩어지지 못하게 막고 있던 막이 깨지려는 듯 마나들이 스미어 나오기 시작했고, 중앙 마법진에서 흘러넘쳐 역류한 마나들이 보조 마법진(마나 집적진)과 부딪히며 마법진이 붉게 타오르고 있었다.

'안 돼!'

이유는 명확하지 않지만 잘못된 마법진의 경우 폭발한다고 책에서 본 적이 있었다.

작은 마법진도 사람을 산산조각 낼 폭발이라고 했는데 지금 이 정도의 마법진이라면 집이 아니라 산을 반쯤 날려 버릴 수 있을 것 같았다.

'할아버지를 또다시 잃을 수 없어!'

대장장이 조든 할아버지가 돌아가셨을 때 얼마나 울었는지 모른다.

만일 내가 자살을 할 수 있었다면 같이 따라 가고플 정도로 나에게 애정을 쏟으셨던 분이었다.

깨워서 데려 나가기엔 늦었다.

엔트 할아버지를 잃을 수 없다는 마음에 난 늪보다 짙은 마나로 쌓인 중앙 마법진으로 걸어 들어갔다.

그가 마나 수련을 하고 있었다면 위험했겠지만 그저 앉아만 있는 것이라 아무 문제가 일어나진 않았다.

할아버지의 머리에 손을 올렸다.

[할아버지, 잘 들으세요. 지금 마법진이 폭발하기 직전이에요.]

2서클 마법인 위스퍼를 사용했다.

내 말을 들은 엔트 할아버지가 움찔하는 것이 느껴졌지만 길게 설명을 할 시간이 없었다. 그래서 바로 본론을 말했다.

[제가 최대한 마나를 빨아들일 거예요. 할아버지도 가능하다면 그렇게 해주세요. 무릎 좀 빌릴게요.]

난 가부좌를 한 할아버지의 다리에 앉았다.

그리고 눈을 감고 온몸을 열면서 마나를 받아들이기 시작했다.

아무리 많은 마나라도 감쪽같이 먹어치우는 내 중단전을 믿기로 했다.

'욱!'

갈 곳이 없었던 마나들이 미친 듯이 몰려들어 왔다. 빠르게 도는 서클이 마나들을 중단전으로 빨아들였고, 중단전은 별을 먹는 괴물처럼 마나를 먹어치운다.

얼마나 시간이 흘렀을까 떨리던 바닥이 서서히 안정을 되찾아간다.

'응, 뭐지?'

그때 등 뒤에서 마나가 흘러들어 오는 게 느껴졌다. 엔트할아버지의 중단전 부근이었다.

'설마……?'

한 가지 가능성이 머리에 떠올랐고, 즉시 서클의 움직임을 멈추었다.

단 마나를 받아들이는 건 멈추지 않았는데 받아들인 마나를 할아버지의 중단전 쪽으로 보냈다.

쑤욱!

등을 빠져나간 마나가 엔트 할아버지의 중단전으로 들어갔다.

'되셨구나!'

엔트 할아버지에게 일어나는 현상은 내가 서클을 만들 때와 같은 현상이었다.

일어날까 하다가 혹시나 움직이다 중요한 순간을 망칠까 싶어 그대로 앉아 받아들인 마나를 할아버지의 중단전으로 밀어 넣었다.

"녀석아! 이제 그만 일어나거라. 할애비 다리 부러지게 생겼다."

꽤 오랜 시간이 흐른 후 엔트 할아버지는 깨어났다.

"헤헤! 상당히 편했는데 아쉽네요."

"윽! 네놈 때문에 다리에 아무 감각이 없구나."

"그건 제 탓이 아니라 서클을 만들면 생기는 후유증 같은 거예요."

"허~ 아무리 할애비가 너보다 서클을 늦게 만들었다고 그런 거짓말에 속을까."

"나중에 다른 사람에게 물어보세요. 아무튼 축하드려요, 할아버지."

"고맙구나……."

"전 스프 끓일 게요. 천천히 나오세요."

"그러마. 다리가 풀리려면 시간이 좀 걸리겠구나."

엔트 할아버지는 평생소원을 이뤄서인지 표정이 상당히 묘했다.

미소와 함께 그의 눈가가 촉촉해지는 것 같아 혼자만의 시간을 보내라고 먼저 지하실을 나왔다.

그는 스프를 다 끓였을 때 눈가가 붉어진 채 밖으로 나왔다.

"지금이 며칠이냐?"

"11월 7일이에요."

"허허, 이틀이나 있었구나. 어서 먹고 떠날 준비를 하자꾸나."

"좀 쉬시는 게 좋지 않겠어요?"

"난 괜찮다. 너도 빨리 이곳을 벗어나는 게 좋지 않겠느냐?"

"네."

광산 본부에서 탐스를 봤을 때부터 엄청 불안했었다.

사실 놈을 처음 본 건 그때가 처음이 아니었다.

드리니트 남작가를 공격했던 마법사 중 한 명이 바로 그놈이었다.

악귀처럼 남작의 행방을 물으며 집안의 하인과 하녀를 한 명씩 불태우던 놈의 얼굴을 잊을 리가 없었다.

스프를 먹고 집 안을 정리하기 시작했다.

지하실에 있던 책을 텔레포트시키고 서재에 있던 책들 중 읽지 않은 책을 일부를 제외하곤 모조리 불태워 버렸다.

그리고 지하실의 마법진 또한 형태를 못 알아볼 정도로 지웠다.

마지막으로 간단한 옷과 마나석을 챙기고 나자 정리는 끝이 났다.

"화염 요리기랑 보존 창고는 아깝네요."

"먼 길을 가야 하는데 거추장스러운 물건이지. 집에 도착하면 요즘 걸로 사주마."

"돈 다 떨어졌다고 하시지 않았어요?"

"그 정도는 있다. 참, 식료품 상인에게 마차를 보내달라는 말을 잊었구나."

"그럼 연락하시고 청소 팀이 있는 곳으로 오세요."

"그러려무나. 작별 인사는 해야지."

난 짐들을 들고 청소 팀이 있는 곳으로 향했다.

새로운 책임자가 오는 날이라 아침 조회에 참석하고 온 아이들은 삼삼오오 모여 얘기를 나누고 있었다.

"아, 아우스! 오, 오늘 나가는 거야?"

가장 먼저 날 발견한 몰린이 울 것 같은 표정으로 말했다.

"응. 조금만 기다려. 데리러 올게."

"으, 응. 꼬, 꼭 데리러 와야 해?"

"그래. 내가 준 약 매일 먹는 거 잊지 말고."

"…응."

몰린은 결국 눈물을 흘리며 날 힘껏 껴안았다. 답답함보다 이 덩치만 큰 꼬맹이를 놓고 간다는 것이 마음에 걸렸다.

"쳇! 헛소리 그만하고 얼른 꺼져! 밖이라고 여기와 다를 것 같아? 넌 그저 노예였던 꼬맹이에 불과한 놈이 무슨 힘이 있다고 우릴 구하러 오겠다는 거야?"

웬일로 말이 긴 살틴이었다. 그리고 그의 시선은 산을 향하고 있었다.

"사고 치지 말고 건강하게 기다려."

"미친놈. 네놈이나 사고 쳐서 다시 이곳으로 오지나 마."

휑하니 방으로 들어가 버린다.

"축하한다, 아우스."

"여기 잊고 잘 살아라."

"고마워요, 리브 형, 조던 형. 이건 남은 음식이니까 나눠 먹어요."

다들 축하 인사를 보냈지만 부러운 시선도, 시샘 어린 시선도 있었다.

어쩌면 당연한 일일 것이다.

난 그저 담담히 고맙다 대답했다.

몰린과 살틴에게 말한 것처럼 데리러 온다는 말은 하지 않았다. 대신 그들의 이름을 잊지 않겠다는 듯 머릿속으로 되뇌었다.

"아우스, 꼭 데리러 와. 아니면 평생 원망할 거야."

"그래, 지온. 모리스도 건강하게 있어요."

"행복하게 살아라."

같은 날 이곳에 와서 다른 이들보다 더욱 친하게 지냈던 이들과도 모두 작별 인사를 했다.

그때 밑에서 한 무리의 병사들이 올라오고 있었다.

"탐스 경께서 네놈들에게 내릴 지시가 있다고 하셨다. 다들 오전에 모였던 곳에 내려가라!"

"네? 오늘은 휴일이라고⋯⋯."

"닥쳐라! 조금이라도 늦으면 경을 칠 것이니 어서들 내려가라!"

"예! 당장 내려가겠습니다."

눈치 빠른 리브는 허튼소리를 하려는 아이들을 말리며 재빨리 대답했다.

그들은 전할 말을 했다는 듯 빠르게 초소가 있는 방향으로 간다.

"아우스, 잘 가. 우리는 내려가 봐야겠다."

리브는 아이들을 불러 재빨리 아래로 내려갔다. 하지만 난 그의 마지막 말에 대답을 하지 못했다.

나의 엉터리 예감이 다시 발동한 것이다.

"할아버지⋯⋯."

난 내 짐을 대충 집 뒤에 던져놓고 병사들이 사라진 방향으로 뛰어갔다.

"왜들 이러는 거요!"

이번엔 예감이 맞았다.

병사들은 엔트 할아버지에게 창을 겨누고 밧줄을 묶고 있었다.

당황한 그가 반항하려 했지만 젊은 병사들의 힘을 이길 수는 없었다.

그 모습에 눈에 불똥이 튀었다.

병사의 수는 모두 여섯 명. 지금의 나라면 그들을 충분히 상대할 수 있었다.

'매직 미사……'

파이어 볼을 사용하면 할아버지가 다칠 수 있었기에 바람 계열인 매직 미사일의 룬어를 중얼거리며 발현시키려 했다.

하지만 나를 발견한 엔트 할아버지가 다급한 표정으로 고개를 흔드는 모습에 맹렬하게 돌던 서클을 서서히 멈추었다.

"네놈이 아우스라는 놈이구나, 꼼짝 마라!"

"도대체 왜 이러시는 겁니까? 엔트 님과 저는 이제 노예가 아닙니다."

"안다."

병사들과 살짝 다른 분위기의 한 사내가 앞으로 나선다. 엔트 할아버지가 나의 행동을 저지한 이유가 있었던 것이다.

'전투 마법사……'

마나는 그가 나와 같은 마법사임을 말해줬다.

"하면 왜 엔트 님을 잡으시는 건지요?"

"반역 혐의다."

"네?"

"적국과 내통한 반역자라는 말이다."

"마, 말도 안 되는……."

"그건 조사해 보면 알겠지. 네놈도 역시 마찬가지다. 잡아
라!"

병사들은 빠르게 날 밧줄로 묶었다. 놈들의 행태를 볼 때
증거물 따윈 상관없다는 태도다. 그래서일까, 알 수 없는 분노
가 스멀스멀 올라왔다.

이놈을 이길 수 있을까?

난 눈앞에 있는 전투 마법사를 노려보며 반문했다. 병사들
은 몇 명이라도 자신이 있었다. 하지만 같은 마법사라면 다르
다. 특히 앞에 있는 놈은 전투 경험이 풍부한 놈이 분명했다.

그저 힘없는 노인과 노예였던 소년을 잡으러 오면서도 자신
을 감추고 왔다는 자체가 보통 놈이 아니라는 걸 말해준다.

분했다.

또한 게으름을 피운 것은 아니었지만 좀 더 강해질 수 있었
음에도 그렇게 하지 못했던 내 자신이 미웠다.

"건방진 눈빛이군."

"……."

"감히 노예가 그런 눈을 했으면 눈알을 파버렸을 것이다.
아직 혐의만 있는 상태임을 고맙게 생각해라."

놈의 눈빛이 농담이 아니라고 말해준다.

"아우스, 얌전히 조사를 받자꾸나. 뭔가 착오가 있음이 틀
림없다."

"네, 엔트 님."

이들은 노리는 게 있어 누명을 씌우는 것이라 말하고 싶었지만 지금 상황에서 내가 할 수 있는 건 아무것도 없었다.

다만 정말 착오로 인한 실수이길 간절히 바랐다.

"눈알을 안 판다고 했을 뿐이지 네놈을 용서한다는 말은 하지 않았다."

"커억!"

전투 마법사의 주먹이 정확히 배에 꽂혔다. 그리고 이어지는 뒷덜미에서 이는 강한 충격에 눈앞이 하얘지는 걸 느껴야 했다.

'오, 오크만도 못한 새끼들, 어, 언젠가 다 죽……'

수십 년 만에 강하게 살고 싶다는 욕구가 솟구쳤다. 그리고 힘을 가지고 싶다는 욕망이 꿈틀댐을 느끼며 쓰러졌다.

9장
오크의 쓸개를 씹으며 때를 기다린다

바닥의 서늘함에 눈을 떴다. 뒷골이 아프긴 했지만 참을 만
했다.

"깼느냐?"

"할아버지, 괜찮으세요?"

"괜찮다. 넌 괜찮으냐?"

엔트 할아버지의 손목에는 밧줄은 사라졌지만 쇠로 된 팔
찌를 차고 있었는데 마법진이 새겨진 걸 보니 말로만 듣던 마
나 억제용 수갑인가 보다.

"멀쩡해요."

"아까 이곳에 들어올 때 마법사가 마나 검사를 했는데 너에

겐 마나 수갑을 채우지 않기에 깜짝 놀랐다."

"그래요?"

혹시나 싶어 내 몸을 관조해 봤다.

서클은 아무 이상이 없었고, 내가 원하자 빠른 속도로 돌기 시작했다.

"아무 이상 없어요."

"허허허, 다행이다. 그나저나 아우스 넌 희한한 능력이 많구나. 마나 디텍팅으로도 측정이 불가능하니 말이다."

"그러게 말이에요."

말을 하면서 주변을 훑어본다. 빛이 들어오지 않는 감옥으로 지키는 사람도 없었고, 갇혀 있는 사람도 우리 두 사람이 전부였다.

일어나 어렴풋이 보이는 쇠창살을 두 손으로 잡아보았다. 녹이 잔뜩 쓴 쇠창살의 차가운 기운이 손으로 전달된다.

"이익!"

있는 힘을 다해 한쪽으로 쇠창살을 당겼다.

누군가 봤다면 열세 살 꼬맹이가 쓸데없는 짓을 한다고 비웃을 것이다.

하지만 쇠창살을 손에 잡는 순간 왠지 휘게 만들 수 있을 것 같은 느낌이 들었다.

느낌일 뿐이었을까. 있는 힘껏 당겨도 꿈쩍을 안 했다. 그러나 포기하지 않고 계속하자 하단전에서 따뜻한 기운이 올라와 두 손으로 향했다.

그리고 꿈쩍도 안 하던 쇠창살이 서서히 휘어지는 게 느껴졌다.

"아우스, 이리와 보거라."

엔트 할아버지가 부르는 소리에 하던 일을 멈췄다. 오로지 이곳을 벗어나야겠다는 생각만 했을 뿐 뒷일에 대해선 전혀 생각하지 못한 것이다.

탈출할 수 있을까?

아무리 이리저리 생각해 봐도 얼마 가지 않아 개죽음을 피할 길이 없었다.

'정신 차려, 아우스! 넌 어린아이가 아냐!'

반복적인 삶은 날 허무주의자로, 생각 없이 하루하루를 보내는 인간으로 만들었다. 하지만 이제는 달라져야 했다.

난 엔트 할아버지에게 다가갔다.

"이곳을 나가고 싶은 게냐?"

"그러고 싶지만… 못 한다는 거 알겠어요."

"허허, 미안하구나. 나 때문에 너까지 피해를 볼까 두렵구나."

"그런 말씀하지 마세요."

"내 생각은 말이다, 놈들이 노리는 게 있다는 것이다. 그게 무엇이든 이곳에서 네가 벗어날 수 있는 일이라면 뭐든지 할 생각이다."

"아, 안 돼요!"

갑작스러운 엔트 할아버지의 말에 코끝이 찡해지고 가슴이
울컥했다.

기껏 다잡은 마음이지만 그 앞에선 소용이 없었다.

"아우스야, 난 모든 걸 이뤘다. 원하는 만큼 돈도 벌었고 평
생소원 하던 마법사도 되었다. 소홀하긴 했지만 가정도 꾸리
고 말이다. 여한이 없다는 건 거짓말이겠지만 충분히 행복한
삶이었다."

"더 이상 안 들을래요. 같이 사는 게 아니라면……."

엔트 할아버지는 수갑을 찬 손으로 내 손을 잡았다.

"물론 그게 가장 좋은 일이지. 하지만 만일의 경우를 애기
하는 것이란다. 무슨 일이 있더라도 살아라. 나도 살고자 노력
하겠다. 하니 너도 네 목숨을 아껴라. 할아버지의 말이 무슨
말인지 알겠느냐?"

"…네."

대답을 했지만 모르겠다.

머릿속이 엉망이다. 후회, 분노, 슬픔, 자책 등 수많은 감정
이 소용돌이쳤다.

덜컹!

감옥 입구의 문이 열리며 몇 명의 병사가 들어왔다.

"죄인 엔트와 아우스 나와라."

"내 말을 기억해라, 아우스."

엔트 할아버지는 다짐을 받으려는 듯 나지막이 속삭였고,

난 고개를 끄덕이며 밖으로 나갔다.

감옥에서 나와 병사들에게 끌려간 곳은 크지 않은 방이었다.

전면에 탐스가 앉아 있었고 양옆으로 전투 마법사들이 몇 명 앉아 있었다. 그중 날 때렸던 놈도 보였다. 그리고 가운데 엔 두 개의 의자가 놓여 있었는데 흡사 재판장처럼 보였다.

"앉아라!"

탐스의 말에 병사들은 강제로 우리를 앉히곤 밖으로 나갔 다.

잠깐의 침묵 그리고…….

탕탕탕!

"지금부터 엔트와 아우스의 반국가 행위에 대한 재판을 시 작하겠다."

탐스가 든 의사봉이 소리를 내며 한 편의 연극이 시작되었다.

"두 사람을 잡아온 위럴 경이 사건의 경위를 말하라."

"예. 재판장님. 저기 앉은 엔트가 수상하다는 제보는 베르 딘 남작님의 병사에게 들었습니다. 플린 왕국 출신으로 수정 구를 이용해 제국의 정보를 빼돌린다는 얘기였기에 제국의 안 위를 위해 병사들과 함께 출동해 잡아 왔습니다."

"증거는 확보했나?"

"아쉽게도 확실한 증거는 모두 불태워진 후라 찾지 못했습 니다. 하지만 수정구를 발견할 수 있었습니다."

"불태웠다라……?"

"네. 마당 한곳에서 불태워진 수많은 종이가 있었고, 지하실에선 장거리 통신을 위한 마법진으로 보이는 흔적이 있었습니다."

지랄이 풍년이다.

자신들이 원하는 대로 해석하고 원하는 대로 하겠다는 얘기였다.

벗어날 수 없는 함정이라는 걸 알았다.

'거짓말!'이라고 외치고 변명이라도 하고 싶지만 아까 엔트 할아버지가 말하는 것이 생각나 그저 고개만 숙인 채 있었다.

"엔트, 이제부터 자신에 대해 항변할 시간을 줄 생각이다. 잘 생각해 보고 사실대로 말하기 바란다. 본래 제국민이라면 즉결 처분될 일이었으나 플린 왕국 출신이라는 점 때문에 공정한 재판을 받는다는 걸 명심해라. 또한 사실대로 말하지 않을 시엔 재판을 연기하고 혹독한 신문 과정을 거치게 될 것이다."

치졸한 놈들!

탐스의 말은 거짓이라도 자신들의 연극에 참여하라는 명백한 협박이었다.

"…존경하는 재판장님, 말씀드리기 전에 한 가지 물어도 되겠습니까?"

엔트 할아버지는 자리에서 일어나며 담담하게 말했다. 모든 걸 내려놓은 듯한 목소리에 가슴이 아팠다.

"허락한다."

"첩자 혐의를 인정하면 저와 이… 아이는 어떻게 되는 겁니까?"

"험, 험! 지금 이 자리에서 정직하게 말한다면 선처의 여지가 있다."

"선처라 하심은?"

"목숨은 살려주겠다."

"그럼… 말씀드리겠습니다."

고개를 숙이고 있었지만 날 쳐다보는 할아버지의 모습이 머릿속에 그대로 그려졌다. 내 능력이 이토록 원망스럽기는 처음이다.

"위럴 경의 말이 모두 맞습니다. 다만 첩자로 이곳에 들어왔지만 정기적인 통신뿐 별다른 정보를 건네지는 못했습니다."

결국 할아버지는 거짓말을 하셨다.

"죄인이 실토를 한 이상 위대하신 발칸 제국의 황제 폐하께서 주신 위급 상황 재판권을 가진 나 탐스가 판결을 내리겠다. 죄인 엔트는 플린 왕국의 첩자로 제국의 안녕을 위험하게 만들었지만 자신의 잘못을 순순히 인정한 바를 정상참작하여 발트란 감옥에서 15년 형을 선고한다."

탕탕탕!

발트란 감옥이라면 나도 들은 적이 있다. 온갖 흉악범들과 정치범들이 수감된 곳으로 제국 서쪽의 외딴 섬에 위치해 있었다.

'발트란, 발트란……'

이미 알고 있는 이름이었지만 머릿속에 각인을 시키듯 속으로 중얼거렸다.

"죄인 아우스는 일어나라."

"……"

"죄인 아우스는 제국민으로서 죄인 엔트의 첩자 행위를 보고도 신고하지 않았음에 다시 노예가 되어 제국에 봉사하도록 한다."

탕탕탕!

탐스가 든 의사봉의 울림이 두 사람의 운명을 뒤틀었다.

"엔트는 지금 당장 공작령으로 보내고, 아우스는 원래 있던 곳으로 보내라."

판결이 나자 병사들이 들어와 엔트 할아버지를 데려가려 했다.

"엔트 님에게 마, 마지막 한마디만 하게 해주십시오, 재판장님."

해야 할 말이 있었다.

날 붙잡으려는 병사들을 무시하고 탐스를 향해 무릎을 꿇고 빌었다.

"정이 든 모양이군… 해라!"

탐스의 명에 병사들은 손을 멈췄다.

난 엔트 할아버지에게 다가가 아주 작은 목소리로 그의 귀에 속삭였다.

"부디 살아만 계세요. 제가… 꼭 데리러 갈게요. 사랑해요, 할아버지. 그리고… 죄송해요."

마지막 말에 잠깐 의아해하는 표정을 짓는 엔트 할아버지를 향해 큰소리로 외쳤다.

"제국의 첩자! 당신이 그런 인간인 줄은 몰랐어! 내 인생을 망치려 한 당신을 용서할 수 없어! 꺼져!"

"…미안하구나."

"닥쳐!"

내가 엔트 할아버지에게 달려들려고 하자 두 명의 병사가 막았고, 다른 병사들이 그를 데리고 밖으로 나갔다.

마지막까지 사랑스럽다는 표정을 짓는 엔트 할아버지가 사라졌다.

"이 죽일 놈아~!"

난 미친 듯이 외쳤다.

이렇게 하지 않으면 미쳐 버릴 것 같았다. 아니, 눈물이 터져 나올 것 같았다.

"쯧쯧! 어린 녀석이 마음이 많이 상했나 보군. 그 아인 원래 있던 곳에 데려다주고 오늘 일은 빼주어라."

"예!"

연극 무대는 끝이 났다.

광산 본부에서 나와 청소 팀의 집으로 돌아왔다.

"탐스 님이 특별히 용서한 것이니 쓸데없는 생각 말고 쉬어라."

"네, 병사님! 하마터면 제국의 첩자를 따라갈 뻔했습니다. 은혜를 갚기 위해서라도 열심히 하겠습니다."

병사들이 떠나고 집으로 들어갔지만 비어 있었다. 마치 지금의 내 마음 같았다.

"크크큭… 큭큭큭큭! 크하하하하!"

미친 듯 웃음이 나온다.

힘이 사람의 생명까지 지배하는 세상.

그래서 나 또한 귀족이 되고자 노력했었다. 하지만 그때는 편하게 살고자 한 행동에 불과했었다.

그러나 지금은 달랐다.

힘이 모든 걸 말해준다면 그 힘을 가질 테다. 그것이 무엇이든 모든 걸 가질 것이다.

그리고 두 번 다시 나와 내 주변을 못 건드리게 만들 것이다.

설령 그것이 세상에 반하는 일이라고 해도 그렇게 만들 것이다.

*　　　*　　　*

광산의 새로운 책임자인 자크 남작이 오면서 나와 엔트 할아버지 일은 변화의 시작에 불과했다.

하루 12시간씩 일하던 노예들은 17시간씩 일이 늘었고, 여러 곳에서 일하던 여유 인력들은 모조리 광산으로 투입되었다.

청소 팀도 그 변화에서 벗어나지 못했다.

성인과 비슷한 덩치를 가졌던 리브와 조던, 모리스, 심지어 몰린까지 광산으로 투입되었다. 물론 나이 어린 아이들이라고 편한 것이 없었다.

기존에 2~3명이 하던 일을 한 명이 해야만 했다.

난 자진해서 광산으로 들어갔다.

"아우스, 적당히 해라. 예전처럼 한다고 끝나는 게 아니야."

"괜찮아요."

스펜은 내가 걱정스러운지 말했지만 곡괭이질을 멈추면 엔트 할아버지의 마지막 모습이 기억났기 때문에 멈출 수가 없었다.

"그 자식 참……. 그나저나 마나등이 좀 이상한 것 같아. 왜 이렇게 밝은 거야?"

물을 마시던 스펜은 별수 없다는 듯 더 이상 권하지 않았다. 그리고 마나등이 밝은 이유는 나의 라이트 마법이 겹쳐져 있기 때문이었다.

힘을 가지기로 한 이상 내가 가진 현재의 힘을 최대한 개발할 생각이었다.

"야! 너희들은 일 안 해?"

"물 한 모금 마시고 있는 겁니다."

"물을 언제까지 마실 건데? 얼른 일당 채워야 다른 곳보다 일찍 잘 거 아냐?"

"치잇! 일한다고요, 해요!"

병사들의 감시가 심해졌다. 중앙 광장에서 감시만 하던 기존의 병사들과 다르게 수시로 갱도를 돌며 노예들에게 일을 독려했다.

"참, 여기 아우스 있지?"

"네. 제가 아우스입니다."

난 곡괭이질을 멈추고 병사에게 대답했다.

"탐스 경이 널 찾으신다."

"탐스 경께서 말입니까? 무슨 일이신지……?"

"나야 모르지. 어서 내려가 봐라."

이유는 알 수 없었지만 일주일간 병사들이 지나다니며 날 감시하는 건 알고 있었다.

난 곡괭이를 중앙 광장에 맡기고 먼지를 털며 본부가 있는 곳으로 향했다.

"여긴 무슨 일이냐?"

본부 입구를 지키고 있던 병사가 대뜸 창을 겨누며 물어왔다.

"탐스 경이 부르셨다고 해서 왔습니다."

"아! 네가 아우스냐? 따라오너라."

예전 베어의 집무실이 탐스의 집무실로 바뀌어 있었다.

"탐스 경, 아우스라는 꼬마 노예가 왔습니다."

"들어와."

병사는 원래 자리로 돌아갔고, 난 집무실 안으로 들어갔다.

집무실은 꽤나 화려하게 꾸며져 있었다. 벽에는 몇 점의 그림이 걸려 있었고, 책상과 손님 접대용 의자만 놓고 보면 예전 드리니트 남작의 집무실보다 화려했다.

"부르셨다고 들었습니다."

남작을 대하듯 극공손하게 인사를 했다. 그리고 고개를 들지 않고 시선은 바닥을 향했다. 집무실을 보고 그의 성격을 대충 짐작한 것이다.

"그래. 물을 말이 있어 불렀다."

"하문하십시오."

"평민이 되었다가 다시 노예가 되어 마음이 좋지 않겠구나?"

"아닙니다. 제국민으로서 타국의 첩자를 발견 못 한 죄, 마땅하다고 생각합니다."

"진정 그렇게 생각하느냐?"

"그렇습니다. 막중한 죄를 용서해 주신 탐스 님을 위해서라도 최선을 다해 광산 일에 매진하고 있습니다."

"좋은 자세다. 한데 이곳에 오기 전 네가 시동이었다는 말을 들었는데……?"

시동?! 설마?

마치 퍼즐이 풀리듯 나와 엔트 할아버지에게 일어났던 일에 대한 의문들이 해결됐다.

솟아오르려는 분노를 억누르고 빠르게 답했다.

"예. 몰락한 백작가의 집사에게 교육을 받았습니다."

"그래? 백작가 이름이?"

"롤랑스 백작가였습니다."

롤랑스 백작가는 이미 50년 전 멸문한 가문이었다. 남작가의 파티에 참여한 귀족들의 입에 오르는 걸 들은 적이 있었기에 그 이름을 말했다.

"롤랑스의 후손이 살아 있었나?"

"남자아이가 한 명 있었는데 작년에 무슨 병으로 죽었습니다. 그래서 전 다시 팔려오게 되었습니다."

"그곳에서 무엇을 배웠느냐?"

"기본 예절과 청소, 간단한 요리, 사람 다루는 법, 방 꾸미기 등을 배웠습니다."

"오, 집사 교육이었구나."

"많이 부족합니다."

"혹시 날 위해 식사를 한번 준비해 줄 수 있겠느냐?"

"영광입니다, 탐스 님."

영광은 개뿔.

릴리즈를 직접 먹여 죽여 버리고 싶은 충동을 참아야 했다.

그가 안내한 곳은 간부 식당이었다.

"이곳에서 맘껏 조리해라. 난 밖에서 기다리고 있겠다."

"알겠습니다. 한데 갈아입을 옷이 필요합니다."

"하하하! 그 생각을 못 했구나. 좀 크더라도 일단은 저쪽에 있는 옷을 입도록 해라."

"네."

몸을 씻은 후 옷을 갈아입고 보존 창고를 열어 재료를 살폈다. 생각보다 많은 종류가 있어 할 수 있는 요리의 종류는 대폭 늘어났다.

일단 전채 요리에 쓸 연어를 꺼냈다.

훈제 연어면 더 좋겠지만 간단히 샐러드와 소스를 만들어 준비한 후, 바로 메인 요리에 들어갔다.

얇게 저민 돼지고기를 화이트 와인에 잰 후, 야채와 함께 볶은 요리로 빠르게 가능한 요리였다. 하지만 탐스의 체격을 고려했을 때 좀 더 두툼한 고기를 선호할 것 같아 좀 더 두껍게 자르고 대신 칼집을 내 빨리 익게 만들었다.

"……."

화염 요리기 앞에 불을 피우려는 순간 잠깐 멈칫하게 된다.

두 개의 화염 요리기 중 하나는 엔트 할아버지의 집에 있던 물건이었다.

이를 악물고 불을 켠 후, 프라이팬에 고기를 올렸다.

그리고 바로 전채 요리를 밖으로 가지고 간다.

"전채 요리입니다."

"맛있게 보이는구나."

난 테이블 세팅을 하고는 전채 요리를 내렸다.

"잠시만 기다려 주십시오."

여분의 포크로 연어와 샐러드를 찍어 입안에 넣었다. 그리고 꼭꼭 씹어 삼키며 독이 없음을 확인시켜 줬다.

"꼼꼼하구나."

만족스러운 얼굴로 탐스는 전채 요리를 먹기 시작했다.

난 바로 안으로 들어가 메인 요리를 준비했다. 그리고 메인 요리와 그에 맞는 와인을 내보낸 후 후식을 만들었다.

1시간을 넘게 요리를 한 후에야 모두 끝이 났다.

"잘 먹었다. 한데 메인 요리는 무엇이냐?"

"제국의 소텐 지방의 전통 음식으로 소테잉이라 불리는 돼지고기 요리입니다."

"소테잉이라면 나도 먹어봤다. 한데 조금 다른 것 같은데?"

"탐스 님에게 맞게 변형시켰습니다. 마음에 안 드신다면 다음에 다시 정상적으로 만들어 드리겠습니다."

"아니다. 아주 만족한다."

표정만 봐도 안다. 하지만 이런 자들은 아랫사람들이 기는 걸 좋아한다.

"아우스, 날 위해 집사 역할을 해주면 어떠냐?"

"집사라니 말도 안 됩니다. 은혜를 갚기 위해서라면 탐스 님의 하인이 되겠습니다."

"하하하! 좋다. 네가 잘만 해준다면 내 여길 나갈 때 널 데려 나갈 것을 약속하마."

"감사합니다."

난 고개를 깊숙이 숙였고, 탐스는 그런 내 어깨를 두드렸다.

지금은 아랫사람이 되어줄 것이다.

하지만 내가 더 강해지는 순간 놈의 심장을 꺼내 불태울 것이다.

탐스는 고위 귀족보다 오히려 더 귀족주의에 물든 놈이었다.

침대에서 세수와 아침 식사를 했고, 점심과 저녁은 한가한 시간에 코스 요리로 먹었다. 또한, 일주일에 한 번은 후배 마법사들과 만찬을 즐겼다.

비위를 맞추는 건 어렵지 않았다. 난 서커스단에서 연극을 했었고, 본래 시동이었으니까 말이다.

탐스의 하인이 된 대가도 있었다. 2주간은 알게 모르게 감시를 받았지만 이후엔 그런 감시마저 사라지면서 온전히 나만의 시간을 보낼 수 있었다.

그리고 혼자만의 방—창고를 일부를 사용하는 거지만—을 가지게 되었고, 광산지대를 웬만큼 돌아다녀도 괜찮은 자유를 얻었다.

"아우스, 또 어디 가니?"

막 산으로 올라가는데 한 병사가 알은척했다.

"약초 캐러 가요."

"또?"

"탐스 님이 낮에 한번 드시더니 저녁에 또 먹자고 하시잖아
요."

"쯧쯧, 고생이다."

"참, 이것 좀 드셔보세요. 내일 점심 요리로 내놓을 걸 시험
삼아 조금 만들어봤는데 맛이 어떤지 모르겠어요."

"그래?"

난 들고 있던 자루에서 작은 찬합을 꺼내 병사에게 건넸다.

"우와! 맛있다."

"에이, 그렇게 말하시면 곤란해요. 좀 더 자세하게 말해주셔
야 참고를 하죠."

"음… 에이, 몰라. 나한테 너무 많은 걸 바라지 마라."

"양고긴데 식감은 어때요?"

"양고기였어? 냄새가 없어 난 쇠고기인줄 알았는데?"

하긴 무슨 고긴지 고급 요리를 잘 먹지도 못하는 병사들이
알게 뭐람.

더 이상 묻기를 포기했다.

"찬합은 나중에 요 앞에 두세요."

맛있는 병사를 뒤로하고 빠르게 산을 올랐다. 예전이라면
이맘때쯤 일이 끝나 사람들이 많을 시간이었지만 지금은 한
창 일할 때라 아무도 없었다.

"아우스!"

"어, 스펜 아저씨. 오늘은 일찍 끝나셨네요?"

"몰린의 미친 듯한 곡괭이질 덕분이지. 한데 넌 능력 하나는 최고다. 이번엔 탐스 그 새끼 심부름꾼으로 들어갔다며?"

스펜은 새끼라는 말을 할 때는 주변을 둘러보며 나지막이 말한다.

"그렇게 됐어요."

"혹시 자고 있으면 칼로 목을 그어버려라."

"헤헤. 자꾸 그러지 마세요."

"왜? 가서 이르려고?"

"아뇨. 진짜 그러고 싶어지잖아요."

스펜은 표정에서 내 마음을 읽었는지 아연한 표정으로 날 보았다.

"이거 좀 드세요. 간부들이 먹고 남은 거지만 먹을 만할 거예요."

"…고맙다."

청소 팀에게 주려고 가져왔던 음식의 반을 스펜에게 주고 청소 팀의 집으로 올라갔다.

방에 누워 있던 몰린이 반겼다.

"아, 아우스!"

"자고 있었어?"

"아, 아니. 그, 그냥 누워 있었어."

"별문제 없지?"

"으, 응. 그, 근데 오늘 광산에서 사, 사고가 났어. 그그그, 그래서 부, 분위기가 엄청 안 좋았어."

나도 간부 식당에서 그 얘기를 들었다.

갱도를 지탱하는 부목을 대지 않고 무작정 파고 들어가다가 일부가 무너지면서 한 명을 덮친 것이다. 그에 일부 노예들이 그 문제에 불만을 표했는데 그에 열 받은 간부들이 노예들에게 매질을 했다.

그 말을 들은 탐스는 똑같은 일이 발생하면 일벌백계하라는 명을 내렸다.

"혹시라도 문제가 생길 것 같으면 구석에 박혀 고개도 들지 마."

"그, 그래야 해?"

"응. 내 말 꼭 기억해. 다른 애들에게도 얘기해 주고."

"아, 알았어."

광산의 분위기는 서서히 나빠지고 있었다.

그러나 내가 볼 땐 아직까지 불만도, 탄압도 시작에 불과했다.

다른 노예들에게 미안한 얘기지만 난 그 둘이 극에 달할 때를 기다리고 있었다.

몰린에게 전달할 말을 몇 가지 더 한 후에 릴리즈가 있는 곳으로 향했다. 겨울이 가까워지면서 날씨는 상당히 추워졌다. 하지만 릴리즈는 추위 따윈 상관없다는 듯 아름다움을

뽐내고 있었다.

주변을 살펴보다 아무도 없음을 확인한 나는 몇 그루 있는 나무 뒤로 갔다. 그리고 쌓인 낙엽을 치우자 엔트 할아버지 집에서 읽지 못했던 마법진 책이 나왔다.

그중 한 권을 자루에 담은 후 다시 원래대로 해뒀다. 그리고 주변의 풀들을 대충 끊어 담고 산을 내려왔다.

"아우스, 어디 갔다 오냐?"

"산에서 겨울초 뜯어왔어요."

"혹시 시간 되면 좀 도와다오! 식사 시간이 다 되가는데 아직 반도 못 했다."

"네."

간부 식당의 요리사는 좀 실력 있는 일반 병사로, 서른 명이 넘는 식사를 준비하다 보니 항상 바빴다.

남은 음식을 받아가는 처지에 모른 척할 수가 없었기에 매 끼마다 돕고 있었다.

"테이블 세팅 먼저 할게요."

"오케이!"

이곳에 처음 왔을 땐 식판에 배식을 했는데 간부들의 반발로 지난주부터 정찬 형식으로 바뀌었다.

이것도 다 탐스 그 자식 때문이다.

혼자만 몰래 먹든가 괜스레 초대를 해 먹이니 간부들이 식판에 밥을 먹고 싶겠는가?

"도와줄 사람에 대해선 물어봤어요?"

"응. 근데 아무 말도 없어. 먹을 줄만 알았지 남 힘든 건 생각 못 한다 말이야."

"그럼 제가 도와드리면 안 되겠는데요."

"아오~ 아우스 너까지 왜 그래? 식사가 조금이라도 늦으면 어떻게 되는 줄 알아?"

"한번 겪어봐야 사람이 필요하다는 걸 알죠. 아니면 아저씨 계속 이 상태일걸요. 오전부터 지금까지 제대로 앉아 쉴 시간도 없었잖아요."

"…젠장! 진짜 그러네."

요리사 아저씨의 바쁘게 움직이던 손이 느려졌다. 결심을 한 것이다.

"아우스, 너 잠깐 동안 나가 있어라. 탐스 경 방 청소라도 한 번 더 해."

"전 탐스 님 식사 늦으면 죽음이에요. 차라리 밖에서 요리하고 있을게요."

"그래라."

식당 일을 도와줄 사람을 머릿속으로 꼽아봤다.

몰린은 요리한 걸 다 먹을 것 같으니 패스, 살틴은 욕하다 걸려서 맞아 죽을 것 같아서 패스, 그나마 눈치 빠르고 손놀림이 빠른 지온이 가장 적격일 것 같았다.

　　　　＊　　　　＊　　　　＊

"쉬어라."

"편히 쉬십시오."

'쉬어라'는 말이 하루 일과가 끝났음을 알리는 말이었다. 그 때부터 난 내 방으로 돌아와 마법진을 공부했다.

3서클 마법을 펼치기에는 이곳에 마법사들이 너무 많았다.

"요즘 웬일로 일찍 쉬라고 하는 거지?"

항상 11시까지는 귀찮게 하던 탐스가 요 며칠 동안 웬일인지 식사를 끝내자마자 쉬라고 말했다.

"릴리즈액 때문인가?"

요즘 약초를 핑계 삼아 산에 갔다 왔다. 한데 딱히 맛을 낼만한 약초는 없었다. 그래서 릴리즈액을 큰 물통에 한 방울 타서 소스로 사용했었다.

모를 일이다. 어쨌든 나에겐 좋은 일이니 아무래도 상관없었다.

"이번 책은 뭘까?"

라이트 마법을 펼친 후 산에서 가져온 마법진을 꺼냈다.

'마법진 사용에 있어서 주의할 점'이라는 책 제목이 보였고, 첫 장을 펼쳤다.

요즘 사람의 기억력이라는 것이 상황마다 얼마나 다른지 뼈저리게 느끼고 있었다. 힘을 가지고 마음을 먹자 한 번 읽은 것은 쉽게 잊히지 않았다.

또한, 기본적인 마법진이 끝나고 응용 단계에 들어가자 엔트 할아버지의 가르침이 얼마나 대단한 것인 줄 알게 되었다.

이번 책은 특별한 건 없었다. 마법진마다 마나 간섭을 피하기 위해 어느 정도 거리를 두는 것이 좋고, 마법진 설계를 잘못했을 때의 위험성 등이 적혀 있었다.

그중 가장 눈에 띄는 단어가 있었는데 '폭발'이라는 단어였다.

마법진의 위험성에 대해서는 이미 한 번 겪어봐서 아주 잘 알고 있었다. 하지만 오늘따라 유독 그 단어가 눈에 들어왔다.

화염 계열 마법진과 바람 계열 마법진, 전격 계열 마법진과 수빙 계열 마법진이 붙어 있으면 큰 폭발이 일어난다는 것이었는데 폭발이라는 단어는 예전에 읽었던 피트 혼 앤티시아의 야사 중 전쟁 장면을 연상시켰다.

"설마 이런 간단한 것을 마법사들이 실험 안 해봤을려고……."

말은 그렇게 하면서도 책을 한쪽에 내려놓았다.

"왼손엔 파이어, 오른손엔 윈드."

중단전의 서클을 돌리며 왼손과 오른손으로 각각 마나를 보냈다. 그리고 파이어의 룬어와 윈드의 룬어를 읊조리며 마법을 펼쳤다.

화악!

…왼손에 파이어만 나온다.

다시 시도. 하지만 마찬가지다.

이번엔 반대로 윈드의 룬어를 먼저 말하자 싸늘한 바람이 방을 휘감는다.

"쉬울 리가 없지. 쩝!"

마나는 두 손으로 보낼 수는 있다. 하지만 룬어를 먼저 말한 쪽이 먼저 펼쳐졌다.

잠깐 생각하다 다른 시도를 해봤다.

왼손에 먼저 파이어를 생성시켜 특정 위치로 보낸 후, 오른손에 윈드를 생성시켜 그 위치로 보내는 것이다.

"된······."

되긴 됐다. 한데 파이어를 윈드가 꺼버렸다. 반대로 해도 마찬가지.

혹시나 싶어 공간이 아닌 나무 상자에 파이어를 실행하고 윈드를 해봤다.

하마터면 창고 전체를 불태울 뻔했다.

서클의 마나가 다 떨어질 때까지 해봤지만 소용이 없었다.

"야사가 괜히 야사겠어?"

두덜대며 침대에 누웠다. 한데 잊으려 해도 머리에서 떠나지 않았다.

머리는 계속 새로운 조합을 만들어낸다.

"젠장! 제발 좀 사라져라!"

한참을 뒤척여도 잠을 잘 수가 없었다. 결국 일어나 머리를 식히려 밖으로 나왔다. 한밤중의 광산은 쥐 죽은 듯 고요하다.

"후우우우~"

차가운 겨울 공기가 폐로 들어가자 한결 나아진다.

잠깐 거닐며 바라본 하늘. 엔트 할아버지가 생각났다.

"으득! 정신 차려, 아우스. 이러고 있을 시간이 없어. 넌 강해져야 해!"

몇 번의 심호흡을 더 하고 다시 창고로 들어왔다.

찬바람을 쐬어서 그런지 잠은 완전히 달아났다. 그리고 내실험에서 뭐가 잘못되었는지 깨달았다. 먼저 마법진에 정말 그런 증상이 일어나는지 확인해야 했다.

창고의 바닥은 흙으로 되어 있었다. 그래서 뾰족한 돌만 있으면 그리는 게 가능했다. 난 파이어 마법진과 윈드 마법진을 붙여서 그렸다.

그리고 마법진에 마나를 불어 넣으려는 순간 굳이 마나 흡입구와 저장부까지 함께 그릴 필요가 없었음을 깨달았다.

"바보."

이왕 그린 거 어쩔 수 없었다.

마나를 불어넣어 마법진을 활성화시키고 다시 마나를 불어넣어 마법진이 바로 작동하도록 만들었다.

"아악!"

화아아아아악!

마나가 일정량 저장부에 차자 파이어와 윈드가 동시에 작동이 되었고 그 순간 마법진이 빛을 내며 급작스럽게 터졌다.

"으으… 으으으으!"

위험하다고 느끼는 순간 눈을 감으며 피했지만 불길은 생각보다 훨씬 컸다.

얼굴은 화상을 당했는지 뜨겁고 아파 절로 신음이 나왔다. 눈꺼풀까지 눌러 붙었는지 눈을 뜰 수가 없었다.

"으~ 릴리즈액이 필요해……."

갑작스러운 상황과 타는 듯한 고통에 난 당황했다. 그래서 방향 감각은 사라졌고 그에 허둥대다 여기저기 부딪혔다.

"후우우~ 후우우~"

침착함을 찾으려 움직임을 멈추고 웅크린 채 심호흡을 했다. 고통은 심했지만 아프다고 소리를 질러서 안 아파지는 게 아니었기에 꾹 참았다.

심호흡은 효과가 있었다.

아픔은 그대로였지만 마음이 차츰 가라앉았다. 순간 좁아졌던 시야가 넓혀지듯 주변이 밝아지며 머릿속에 창고 안이 그려졌다.

"아아……!"

아우스의 타고난 재능.

고개를 숙이고 있어도 주변이 그려지고, 상대가 뭘 하고 있는지 보이는 능력은 극히 일부에 불과했다. 시야는 창고를 벗어나 점차 넓어지며 광산 본부 전체를 볼 수 있을 만큼 커졌다.

"자크 남작인가?"

사람은 세세하게 보이진 않았고 형태로만 보였는데 마법사들로 보이는 이들은 중단전이 밝게 빛나고 있었다. 그중 중단전에 가장 밝은 붉은빛이 가진 사람이 보였는데 자크 남작이 머무는 곳이었다.

화상의 고통도 잊고 새로 발견한 능력에 흠뻑 빠졌다.

마나로 보는 세상.

한참을 이곳저곳을 살피던 내가 내린 능력의 결론이었다. 마정석을 찾는 능력과 마나석을 느끼는 능력도 바로 이 능력의 일부에 불과했던 것이다.

광산에서 캐낸 마나석을 보관하는 창고를 보면서 확신을 했다.

"으~ 아파."

난 마치 눈을 뜬 것처럼 숨겨뒀던 릴리즈액이 든 병을 찾아냈다. 릴리즈액은 실제로 볼 때보다 마나로 볼 때 더 연하게 보였다. 마치 봄 하늘처럼 옅은 하늘색이었다.

조심스럽게 뚜껑을 열어 새끼손가락으로 살짝 찍어 입에 넣었다.

혀끝에서 시작된 시원함은 이번엔 온몸이 아니라 대부분 얼굴로 향했다. 그리고 시원함은 아픔을 밀어내며 얼굴 전체를 뒤덮었다.

눈이 떠졌다. 아픔도 없었고 조심스레 만져본 얼굴엔 화상의 흔적은 찾을 수가 없었다.

물통에 비춰보니 얼굴은 멀쩡한데 눈썹은 없었고, 머리카락은 절반 정도 타버렸다.

탄 냄새가 진동을 했기에 다시 세수를 하고 머리를 감아야 했지만 한 가지 힘을 더 가졌다는 것에 기분은 좋았다.

"그나저나 마법진은 된다. 한데 왜 서클로는 불가능하지? 피트는 어떻게 가능했을까? 사관이라는 양반이 헛것을 본 게 아니라면 설명을 못 한 건가?"

딱히 좋은 생각이 떠오르지 않는다.

"쳇! 차라리 손에 마법진을 새겨 넣어서……!"

투덜거리다 보니 나도 모르게 튀어나온 말에 멋진 생각이 떠올랐다.

금세 생각에 생각을 더해 그럴싸한 방법을 만들어냈다.

손에 쥘 수 있는 두 개의 나뭇조각에 파이어와 윈드를 조각 후 마법진을 활성화시켰다. 그리고 각 손에 하나씩 들었다.

"이거 해야 해, 말아야 해?"

조금 전에 화상을 당해 겪었던 고통을 어떻게 잊을 수 있겠는가? 용기를 내보려 했지만 마음에서 자꾸 브레이크를 건다.

"씨바! 죽기밖에 더 하겠어?"

물통에 릴리즈액을 두 방울 떨어뜨려 놓아 화상을 대비를 한 후, 서클을 돌려 두 손으로 마나를 넣었다.

"…쩝."

왼손에 파이어가, 오른손에는 윈드가 생성되었다. 하지만 두 손을 합치지 않아서 따로따로 펼쳐졌을 뿐이다.

긴장감이 더욱 심해졌다. 하지만 눈을 부릅뜨고 다시 두 손으로 마나를 보냈고, 생성되는 찰나 손을 겹쳤다.

푸하하하악! 파아앗!

"……!"

겹치자마자 손을 빼고 몸을 빼려 했지만 생각뿐이다.

화염이 나를 덮쳤다.

그뿐이었다면 한 번 겪었던 일이라 참을 수도 있었을 것이다.

그러나 마법진에 새겨뒀던 나뭇조각이 터지며 손을 걸레로 만들고 일부가 몸에 박혔다.

비명도 나오지 않았다.

준비된 물통 앞으로 쓰러지지 않았다면 분명 죽었을 것이다. 뒤집혀진 물통에서 나온 물─릴리즈액을 타서 포션이 된─이 몸을 적시며 화상과 상처들을 치료했다.

"크~ 히, 힘을 얻기 위해선 고, 고통은 당연한 건가? 제엔장."

힘이 필요했다. 하지만 이런 멍청한 짓은 이제 사양하고 싶었다.

그래도 야사에 적혀 있던 피트의 마법이 사실이라는 건 알아냈다.

10장

시간은 사람도, 사건도 무르익게 만든다

혹독한 겨울이었다.

광산에서 일을 하던 6명의 노예가 죽었고, 그에 발끈해 병사들에게 덤벼들었던 4명이 맞아 죽었다.

봄은 왔지만 노예들의 마음은 풀릴 줄 몰랐고, 자크 남작은 날이 풀리자 더욱 옥죄기 시작했다.

"…하여간 분위기가 정말 안 좋아. 노예들끼리도 매일 싸움이 일어난다니까."

"힘들다면서 체력들도 좋다."

지온은 간부 식당의 저녁 식사가 끝났음에도 가질 않고 탐스의 저녁을 준비하는 나에게 노예 주거지에서 있었던 일들을 쉴 새 없이 종알거렸다.

"그만큼 신경이 날카로워졌다는 거지. 우리 팀도 마찬가지야. 은근히 날 못마땅해하는 애들도 있어."

"살틴 형이 그래?"

"걔야 원래부터 그랬으니까 신경 쓰지 않지만… 하여간 좀 그래."

"그런 놈들은 가져간 음식 주지 마."

"어떻게 그러냐?"

간부 식당에서 일하는 지온은 육체적으로는 편할지 모른다.

하지만 간부들의 개 같은 성격 때문에 매질도 당했고, 목숨의 위협도 받아야 했다.

다행히 요즘 들어 개개인의 성격을 파악해 비위를 맞춰주니 덜 맞는 편이지만 간혹 자기 기분 나쁘다고 때리는 놈들이 있었기에 항상 조심스럽게 행동하는 그였다.

"아예 오늘부터 일주일 동안 가져가지 마."

"몰린이 제일 섭섭해할 텐데?"

"고마운 줄 모르는 놈들은 굶겨야 돼. 몰린은 잘 참을 거야."

"아저씨들도 은근히 기다린단 말이야. 그리고 러스 일은 그만 잊어라. 걔도 충분히 자기 잘못을 인정하고 있더라."

"그 자식 얘긴 하지 마. 하여간 오지랖은……. 네 맘대로 해라. 그리고 널 못마땅하게 생각하는 애들 잘 기억해 둬."

"왜?"

"기억해 두라면 해둬. 자, 이거 먹어봐."

"진짜?"

"이거 먹으려고 기다린 거 알아."

"헤헤, 들켰다."

탐스의 저녁을 준비하면서 좀 더 만들어 지온에게 줬다. 맛있다며 엄지까지 드는 지온에게 피식 웃어주곤 다시 할 일을 한다.

혹독했던 겨울 동안 청소 팀 아이들 중 아픈 애들은 있었지만 죽은 애들은 없었다.

아프다는 애들이 있으면 릴리즈액으로 만든 포션을 지온 편으로 보내 먹였다.

한데 러스 자식이 내가 본부의 약을 빼돌린다고 간부에게 이른 것이다. 물론 산에 나는 약초를 핑계로 대서 무사할 수 있었지만 그 때문에 탐스 경에게 혼난 것은 물론이고 간부들에게 아양 떠느라 한동안 고생을 해야 했다.

"더 줘?"

"그래도 돼? 너무 맛있어서 입에 녹는다, 헤헤."

잠깐 생각하는 사이에 지온은 내가 준 음식을 다 먹고 입맛을 다시고 있었다.

그래서 조금 더 만들어 건넸다.

"혹시나 해서 하는 말인데 아이들에게 나서지 말고 몸 사리라고 말해."

"무슨… 꿀꺽! 말이야?"

"간부들이 노예들 중 첩자를 심어둔 모양이야. 그리고 이번에 노예들이 들어오는데 그들 중에도 첩자가 있을 가능성이 높아."

"그래?"

"무조건 말조심해. 분위기 좋지 않다는 건 간부들도 모두 알고 있어."

"문제네. 도대체 어떻게 되려는지 도통 모르겠다."

"어떻게 되긴, 갈수록 심해질 거야. 노예들 조금만 일을 더 시켜도 수백 금씩 떨어지는데 안 시키겠어? 그리고 간부들에게도 은근히 할당량이 정해져 있어."

"정말?"

"그래. 잘하는 간부들은 탐스 경과 자주 식사하거든."

"그땐 다르냐?"

"그럼, 음식부터 술까지 거의 최상급이야. 노예가 들어올 때 여자들도 들어온다는 얘기가 있어."

"여자까지?"

"그래. 넘치는 돈인데 뭔 짓을 못 할까?"

묘한 표정을 짓는 지온.

사실 난 지온의 가벼운 입을 이용하고 있었다. 그는 내가 한 말을 분명 누군가에게 할 것이다. 간부들과 병사들은 이렇게 지낸다는 내용에 불과하지만 노예들이 느끼는 박탈감은 더욱 심해질 것이다.

탐스 경이 이곳으로 오는 것이 느껴졌다.

"지온, 탐스 경 올 때 됐다. 어서 나가봐."

"그, 그래. 수고해."

"내일 봐."

지온은 탐스에게 죽을 뻔한 후부턴 그의 이름만 들어도 경기를 일으킬 정도였다. 인사를 한 지온이 뒷문으로 나간 후 탐스가 들어왔다.

"오늘은 뮤트 제국에서 유명하다는 음식점의 요리를 만들어봤습니다."

"오호! 뮤트 제국의 음식까지 알고 있느냐?"

"선임 집사가 만들어주던 음식이었는데 마침 오늘 재료가 들어와 만들어봤습니다."

"기대가 되는군. 먹어보자."

"네."

전채 요리에, 메인 요리에, 후식에, 커피까지… 탐스는 흡족한 표정으로 먹는다.

"입맛엔 맞으셨습니까?"

"좋았다. 참, 내일 저녁은 자크 남작님과 함께하기로 했다."

"알겠습니다."

자크 남작에겐 전용 요리사가 있었다. 그래서 자크와 식사를 하면 내가 할 일은 없었기에 좋은 소식이었다.

"한데 겨울에 먹었던 소스를 구할 수 있겠느냐? 내가 언급했더니 남작님도 한번 드셔보고 싶다 하시더구나."

"찾아는 보겠지만 시기가 지나 힘들 겁니다. 없다면 비슷한 맛을 내는 약초라도 찾아오겠습니다."

"병사들에 말해둘 테니 꼭 찾아오길 바란다."

"예, 탐스님."

대답은 했지만 약간 이상한 느낌이 들었다. 이미 한 달 전에 그 약초는 사라졌다고 두 번쯤 말했다. 그걸 기억 못 할 정도로 탐스가 바보라고는 생각되진 않았다.

그리고 '꼭'이란 단어가 신경을 거슬리게 만든다.

'무슨 속셈인지 모르지만 일단 모른 척해주지.'

누명 씌우는 연기는 잘하더니 이번 연기는 발연기였다.

*   *   *

다음 날, 탐스의 아침을 챙겨주고 산을 돌아다니기 시작했다.

사람을 만나면 눈을 뜨고 없으면 눈을 감았다. 습관처럼 되어 이제는 눈을 감고 다니는 게 오히려 편할 정도였다.

약초도 눈을 뜨고 찾는 것보다 감고 찾는 게 더 빨랐다.

'감시자는 필요 없다는 뜻인가?'

마나로 보는 세계는 눈으로 보는 세계보다 시야가 좋았다.

약초를 채집하는 척하며 살펴봤지만 아무도 따라오는 이는 없었다.

잘됐다는 생각에 예전 청소 팀이 근무를 섰던 초소를 넘어 엔트 할아버지와 지냈던 숲으로 향했다.

4개월에 불과했지만 폐허처럼 바뀐 집을 보자니 가슴 한편이 아려온다.

"할아버지, 조금만 더 기다려 주세요."

나에 대한 다짐이었다.

내가 만들어놨던 식탁에 잠깐 앉아 있다 호주머니에서 얇은 나무판을 꺼냈다. 윈드와 라이트의 마법진이 새겨진 나무판이었다.

왼손에 윈드를, 오른손에 라이트 마법진을 든 난 눈을 감고 뛰기 시작했다.

"라이트! 라이트! 라이트! 윈드! 윈드! 라이트!"

라이트는 손에서 생겼다 빠르게 10m 앞에 날아가 사라진다. 그리고 윈드를 실행했을 땐 손을 뻗은 쪽으로 겨우내 쌓여 있던 낙엽들이 미친 듯이 날린다.

마법을 얼마나 빨리 쓰느냐, 원하는 방향으로 보낼 수 있느냐를 실험하는 것이다.

피트의 야사에 적혀 있던 그의 마법 능력은 총 세 가지.

첫 번째는 마법을 난사하며 격추시켰고, 두 번째는 두 손으로 6서클 마법사들도 놀랄 정도의 위용을 보였으며 세 번째는 오른손과 왼손을 뻗어 공중에 폭파를 만들어냈다.

난 피트가 마지막 전투에서 보여줬던 기이한 3서클 마법의 정답은 모두 책에 있다고 생각했다.

그리고 책에 나온 내용을 그대로 따라 하며 첫 번째와 세 번째는 흉내 내기에 이르렀다. 물론 피트에 비하면 새 발의 피였지만 마지막 두 번째 것을 알아내기 위해 난 미친 듯이 몰두했다.

"젠장! 10분이 한계인가?"

1서클 마법에 불과했지만 쉴 새 없이 쏟아내다 보니 서클의 마나는 10분도 되지 않아 비어버렸다.

물론 다시 반쯤 차올랐지만 사라지고 다시 차오르기 시작하는 시간 동안은 마법을 사용할 수 없었기에 10분이 한계였다.

자리에 앉아 다시 마나를 채우고, 마법을 사용하며 소모하기를 반복했다.

결국 정오쯤 체력도 마나도 바닥이 나 흙바닥에 누웠다.

"헉! 헉! 모르겠어."

힌트라도 얻고자 했지만 수확은 전혀 없었다.

문제는 10미터 앞으로 보내 터뜨리면 손에서 터뜨리는 것보다 위력이 약해진다는 것이다. 가까워지면 강해질까 싶어 5미터, 3미터 앞에서 터뜨려 봤지만 10미터와 위력은 같았다.

물론 그것만으로도 위력은 강했지만 고서클의 마법사들을 상대하기엔 부족해 보였다.

"우아악!"

고함을 지르고, 머리가 나쁨을 탓하며 머리를 콩콩 때렸다.

하지만 그런다고 생각날 일이었다면 이미 수십 번은 넘게 생각났어야 했다.

탐스의 점심을 챙겨줘야 했기에 미적미적 일어나 본부로 내려갔다. 그리고 점심시간이 끝난 후 다시 산으로 올라가 오전에 했던 일을 반복한다.

역시나 이번에도 머리만 아프고 비밀은 알아내지 못했다. 하지만 해가 질 때쯤 한 가지 확신이 드는 게 있었다.

두 개의 마법으로는 불가능하다는 걸 말이다.

"텔레포트는 7서클 마법이야. 3서클만 쓰기로 한 피트가 거짓말을 한 건가?"

두 개의 마법이 아니라 세 개의 마법이라면 피트가 행했던 두 번째 마법이 가능할 것 같았다. 가장 먼저 떠오른 것이 합쳐진 두 개의 마법을 원하는 지점으로 텔레포트시키는 것이다.

하지만 곧 고개를 저었다.

설령 세 번째 마법이 텔레포트라고 해도, 그리고 내가 가능하다고 해도, 걸리는 것이 한두 개가 아니었다.

세 개의 마법을 동시에 발현시켜야 한다는 것부터 걸린다.

과연 마나가 셋으로 나눠질까?

그리고 손은 두 갠데 마법진이 새겨진 세 개를 어떻게 들어?

두 개의 마법에서 세 개의 마법으로 늘자 생각할 것은 열 배는 넘게 늘어나는 것 같았다.

그러나 생각을 멈춰야 했다.

'응? 전투 마법사! 위럴인가?'

눈을 감고 산에서 내려오는데 숨어서 날 기다리는 이들이 있었다. 두 명의 병사와 한 명의 전투 마법사였다.

내가 모른 척 지나가자 뒤로 빠르게 다가왔다.

"우욱! 우욱!"

두툼한 손이 입을 막았다.

반항하는 척 생동감 있게 몸을 꿈틀거리며 하는 대로 내버려 뒀다. 그러자 금세 손발이 묶이고 입에 재갈이 물려지고 얼굴에 보자기가 씌워졌다.

"우욱! 우욱!"

"조용히 해! 너에게 묻고 싶은 게 있을 뿐이다. 자꾸 시끄럽게 굴면 쥐도 새도 모르게 죽을 줄 알아라!"

날 들쳐 업은 놈의 말에 난 얌전해졌다.

놈들은 어디로 데려가는지 헷갈리게 할 속셈인지 냇가로 내려갔다 광산 쪽으로 올라갔다 한 후 본부 쪽으로 향하기 시작했다.

'나에 대해 알아냈다면 이런 번거로운 일을 할 필요 없었을 텐데……. 그럼 내 생각대로 날 시험하기 위한 것인가?'

어제 탐스의 말을 곰곰이 생각해 본 결과 날 시험하려고

하는 게 아닐까 생각했었다. 본부에서 지내다 보니 그런 의심을 하는 것 당연한 일이었다.

특히 날 때렸던 위럴은 항상 날 의심의 눈길로 바라봤었다.

'이곳은 자크 남작이 지내는 곳. 관객이 많군.'

간부라 불리는 마법사들과 탐스, 자크 남작까지 모두들 나를 지켜보고 있었다.

문득 서커스단에서 연극을 할 때가 생각났다. 많은 이들이 나의 연기에 숨을 죽였고, 많은 아가씨들이 눈물을 흘렸었다.

난 그때로 돌아갔다.

"욱!"

넓은 실내의 한구석 바닥에 내동댕이쳐졌다. 그리고 위럴의 손짓에 병사는 내 재갈을 풀어줬다.

"이, 이게 무슨 짓입니까?"

두려움에 떨려 나오는 목소리로 물었다.

"조용! 시간이 없다. 언제 병사들이 올지 모른다. 그러니 묻는 말에만 답을 해라."

"다, 당신들 노예였군! 어, 어떻게 같은… 큭!"

"같은 말 반복하게 하지 마라!"

씨바 새끼! 연극에서 진짜로 차다니……

명치에 제대로 맞아 숨을 쉬기가 힘들다.

"네가 탐스… 의 수발드는 노예로 있는 아우스 맞지?"

난 대답을 못 하고 고개를 끄덕였다. 보자기가 씌어 있었지만 다행히 의사는 전달되었는지 병사의 말은 이어졌다.

"간혹 간부들의 식사를 할 때도 도와준다던데 사실이냐?"

"…그렇소. 한데 그게 당신들과 무슨 상관입니까?"

"우릴 위해 해줘야 할 일이 있다."

"할 일이요?"

"그래. 우리가 주는 것을 음식에 타라."

"독약인가요?"

"그냥 몸만 마비시키는 약이다. 우리가 노예들을 해방……."

"하하하하하! 크크크큭!"

나는 마치 미친놈처럼 웃기 시작했다.

이유는 딱히 없었다. 그냥 지금쯤 웃어야 할 타이밍이었기에 웃었다.

"왜 웃는 거지?"

"하하하! 당신들 제정신이 아니군요. 노예 주제에 감히 주인을 물어뜯으려 하다니."

"…다, 닥쳐! 누가 주인이란 말인가!"

"먹여주고 입혀주고 당신들을 살게 해주는 게 누구라고 생각해요? 그럴 리는 없겠지만 당신들의 계획이 성공했다고 쳐요. 이곳을 벗어나서 뭘 할 수 있죠? 구걸이라도 할 건가요? 장담하건데 지금보다 더 비참하게 살아가게 될 거예요. 아님 다시 노예라도 되게 해달라고 빌겠죠."

내가 연극을 하면서도 내 자신이 싫어지는 말을 했다.

"노예 의식이 뿌리 채 박힌 놈이군."

"노예 의식이 아니라 현실을 말하는 거요. 그리고 내가 당신 계획대로 독약을 써서 간부들을 죽인다고 칩시다. 하면 당신들이 자크 남작님을 잡을 수 있다고 생각합니까?"

"그, 그건……."

"몇 번의 손짓에 모두 전멸할 거예요."

"시끄럽다! 우리의 말을 들을 테냐? 아님 이 자리에 맞아 죽을 테냐?"

마지막 장면까지 왔다. 모두 때릴 자세를 취하는 걸 보니 진짜 때릴 모양이다. 난 호탕하게 웃으며 급소를 최소화했다.

"하하하하! 죽으면 죽었지, 그렇게 못한다. 차라리 날 죽여라!"

"족쳐!"

후두두두두두둑!

정신없이 손발이 날아왔다. 그중에 위럴 이 새끼는 사적인 감정까지 담아 주로 급소를 때리고 있었다.

'씨바, 이러다 진짜 죽겠다.'

정말 죽일 작정으로 때렸다. 반항이라도 해볼까 고민도 잠깐 들었지만 그냥 맞았다. 정신이 몽롱해지며 쓰러지려는 찰나, 아랫배에서 따뜻한 마나가 일어나며 온몸으로 퍼졌다.

'뭐, 뭐냐?'

중단전의 마나와는 약간 달랐다.

온몸에 상처 입은 부위에 스며들면서 상처를 치유하고 몸을 보호했다.

시간이 갈수록 구타는 안마를 받는 듯 오히려 시원할 지경이다.

"헉! 헉! 이래도 우리 말을 듣지 않겠느냐?"

구타가 잠깐 멈췄다. 때리는 놈들은 힘이 드는지 어깨를 들썩이며 물었다. 이제 화룡점정이라고 마무리를 할 때였다.

"…주, 죽여라. 타, 탐스 님, 죄, 죄송합니다."

"이… 이 독한 놈!"

아~ 시원하다.

어떻게 된 게 맞으면 맞을수록 온몸이 상쾌해지는지 모르겠다.

꿈쩍도 안 하고 맞고 있었더니 위험하다고 생각했는지 처음 듣는 목소리가 들리며 구타가 멈춘다.

"그만해라."

아쉽다…….

더 맞고 싶다는 생각이 들다니… 나도 점점 미쳐가나 보다.

머리에 씌어 있던 보자기가 풀리고, 팔다리를 묶은 밧줄이 풀렸지만 난 기절한 듯 꿈쩍도 안 했다.

"혹시 죽은 것이냐?"

"아, 아닙니다. 기절했나 봅니다."

"쯧쯧! 위럴 경, 노예들의 반란 따위가 뭐가 무섭다고 엄한 아이를 의심했는가."

"죄, 죄송합니다, 남작님."

"탐스 경, 얼굴 풀어. 저 노예가 잘못되면 내가 좋은 시동한 명 구해주겠네."

"네……."

자크, 이 쌍놈의 새끼! 잘못되었다고 해도 아무 상관이 없다는 태도 아닌가.

아무리 노예가 짐승과 같은 취급을 받는다는 걸 알고 있지만 기분이 나빴다.

하여간 다들 똑같은 놈들이다.

특히 위럴 이 자식은 무슨 수를 써서라도 빨리 죽여 버려야 할 놈이었다.

"포션이라도 하나 먹여라."

"노예에게 그, 그럴 필요까지야……."

"위럴 경, 그럼 내일 아침부터 자네가 탐스 경의 식사를 해 줄 텐가?"

"아닙니다……."

잠시 후, 입으로 시원한 느낌의 포션이 들어왔다. 릴리즈액에 비하면 정말이지 형편없는 제품이다.

고작 이까짓 것을 주면서 생색이라니.

비싼 걸 먹으면 죽은 사람도 일어나는 줄 아는 놈들이니까 이젠 일어나야 했다.

"…쿨럭! 하~아, 학! 아, 아무리 그래봐야 난 못 한다. 주, 죽여라!"

"안심해라. 끝났으니 말이다."

"아! 여, 여기는?! 타, 탐스 님! 제가, 제가……."

난 어리둥절한 표정을 지으며 주변을 둘러보다 자크를 보곤 자리에서 겨우 몸을 일으켜 큰절을 하듯 웅크렸다.

"나, 남작님을 뵈옵니다."

"탐스 경의 말처럼 영특한 아이구나. 이만 내려가서 쉬어라. 아니다, 고생했으니 저 아이에게 음식 한 접시를 갖다 주어라."

지금 밥이 목구멍으로 넘어가겠냐?

엎드린 채 투덜대고 있는데 누군가가 머리맡에 접시를 내려놓았다.

"저쪽 구석에 가서 조용히 먹고 나가거라."

"예."

접시를 들고 최대한 구석으로 가 음식을 먹기 시작했다.

아무도 나에게 신경 쓰는 이는 없었다. 그저 술과 음식을 먹으며 신나게 먹고 떠들 뿐이었다.

한데 유독 내 앞쪽에서 큰 소리로 떠드는 대화에 자연 귀가 기울어진다.

"…노예 놈들, 그까짓 땅 파는 것이 뭐가 힘들다고 지랄들인지 모르겠습니다."

"못 배운 놈들이라 그렇지."

"하긴, 못 배운 놈들이니 노예가 되었겠죠."

"하여간 짐승처럼 매를 들어야 말을 듣는 족속들이야."

두 젊은 마법사의 어이없는 대화에 곡괭이로 대가리를 찍어서 뇌가 어떻게 생겼는지 확인하고 팠다.

한데 좀 나이가 있는 마법사가 두 마법사를 대화를 듣고 나무라듯 말했다.

"허어, 광산 일이 쉬운 게 아니야."

"······."

"디그 마법을 생각하나 본데 디그 마법으로 팔 수 있는 양이 곡괭이질보다 많다고 볼 순 없어."

"5, 5서클 마법이 있지 않습니까?"

"자네는 마나양은 생각하지 않나?"

괜스레 무안해진 젊은 마법사들은 얼굴이 붉어지며 되도 않는 말을 했고, 나이 든 마법사는 정곡을 찔렀다. 하지만 그들은 결코 그들의 잘못을 인정하지 않았다.

"하지만 3서클 마나양밖에 들어가지 않습니까?"

"그렇긴 하지. 한데 5서클 마법사가 몇 번의 디그 마법을 펼칠 수 있겠나? 노예들은 하루 17시간씩 곡괭이질을 한다네."

체크 메이트였다.

두 젊은 마법사는 인상을 와락 구기고 나이 든 마법사의 곁을 떠나 버렸다.

"쯧쯧, 공격 마법만 할 줄 아는 것들. 디그 마법이 500년 전만 하더라도 3서클 마법이었다는 건 아나 몰라."

나이 든 마법사의 중얼거리는 말에 난 벼락을 맞는 듯한 충격을 받았다.

후다닥 접시를 비우고, 다리를 저는 연기를 하며 조용히 자크 남작의 거처에서 빠져나와 내 방으로 향했다.

"피트는 당시 3서클이었던 디그 마법을 사용했어!"

넘어야 할 산이 남긴 했지만 실마리의 잡았다는 생각에 죽도록 맞았다는 사실은 머릿속에서 사라지고 있었다.

난 두 주먹을 불끈 쥐고 내 방으로 향했다.

『아우스:마도 시대의 시작』 2권에 계속…

초대형 24시 만화방

신간 100%, 샤워실, 흡연실, 수면실(침대석), 커플석, 세탁기 완비

▪ 시흥 정왕25시점 ▪

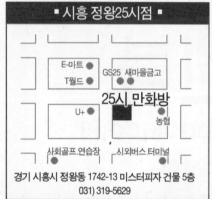

경기 시흥시 정왕동 1742-13 미스터피자 건물 5층
031) 319-5629

▪ 강북 노원역점 ▪

서울 노원구 상계동 340-6 노원역 1번 출구 앞 3층
02) 951-8324 (화용빌딩 3층)

▪ 일산 정발산역점 ▪

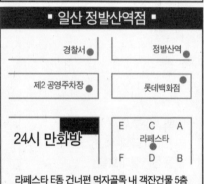

라페스타 E동 건너편 먹자골목 내 객잔건물 5층
031) 914-1957

▪ 일산 화정역점 ▪

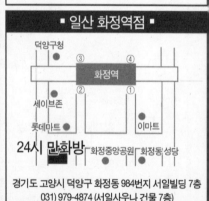

경기도 고양시 덕양구 화정동 984번지 서일빌딩 7층
031) 979-4874 (서일사우나 건물 7층)

▪ 부천 역곡역점 ▪

역곡남부역 기업은행 건물 3층
032) 665-5525

▪ 부평역점 ▪

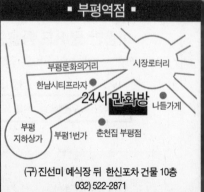

(구)진선미 예식장 뒤 한신포차 건물 10층
032) 522-2871

전생부터 다시

FUSION FANTASTIC STORY

홍성은 장편소설

죽음으로 모든 걸 끝내고 싶지 않아
인간으로 환생하게 된 대마법사, 로렌 하트.

그러나 알 수 없는 괴물의 등장으로 인해 인류가 멸망해 버리고
홀로 살아남은 그는
고독과 외로움에 다시 한 번 더 환생을 결심하는데……

하지만 현생을 반복하는 것만으로는 의미가 없다.
시간을 되돌려 대마법사가 되기 전의 시절로 되돌아갈 것이다!

대마법사 로렌 하트, 전생부터 다시 시작한다!

Book Publishing CHUNGEORAM

유행이 아닌 자유추구 -
WWW.chungeoram.com

임영기 장편소설
FUSION FANTASTIC STORY
갓 오브 솔저
'종의 영역'과 '신의 질서'가 파괴되고
지구에는 무영역과 무질서의 시대가 도래했다!
8년 동안 무림에 '절대신군(絕代神君)'으로 군림한 이강도.
어느 날, 자신이 살던 현 세계로 다시 되돌아오게 되고
'졸구십팔(卒9.18)'이라는 이름을 부여받게 되는데…….
신이 죽은 세계를 장악하려는 마계(魔界)와 요계(妖界).
그리고 이를 저지하려는 정계(正界)의 치열한 사투!
과연 이 전쟁은 끝이 날 수 있을 것인가.
Book Publishing CHUNGEORAM
유행이 아닌 자유추구 -
www.chungeoram.com